诗词常识名家谈（四种）

诗 词 格 律

王 力 著

中 华 书 局

图书在版编目(CIP)数据

诗词格律/王力著. —北京:中华书局,2000.4
(2025.3 重印)
(诗词常识名家谈四种)
ISBN 978-7-101-02264-3

Ⅰ.诗… Ⅱ.王… Ⅲ.诗词格律-中国-通俗读物
Ⅳ.I207.21

中国版本图书馆 CIP 数据核字(1999)第 45911 号

书　　名	诗词格律	
著　　者	王　力	
丛 书 名	诗词常识名家谈(四种)	
责任编辑	周　璐	
责任印制	管　斌	
出版发行	中华书局	
	(北京市丰台区太平桥西里 38 号　100073)	
	http://www.zhbc.com.cn	
	E-mail:zhbc@ zhbc.com.cn	
印　　刷	三河市宏盛印务有限公司	
版　　次	2000 年 4 月新 1 版	
	2025 年 3 月第 25 次印刷	
规　　格	开本/850×1092 毫米　1/32	
	印张 6⅛　字数 109 千字	
印　　数	239001–244000 册	
国际书号	ISBN 978-7-101-02264-3	
定　　价	18.00 元	

目　　录

引　言

　　这一本小书有一个总的目的,就是试图简单扼要地叙述诗词的格律,作为一种基本知识来告诉读者。

　　关于诗,着重在谈律诗,因为从律诗兴起以后,诗才有了严密的格律。唐代以前的古诗是自由体或半自由体,还没有形成格律,所以不谈。至于唐代以后的古体诗,虽然表面上也是不受格律的限制的,实际上还是有很多讲究,所以不能不谈,只不过可以少谈罢了。

　　词和律诗的关系是很密切的。所以先讲诗,后讲词。有时候,诗和词结合起来讲述。

　　中国的古典文学,包括着大量光辉灿烂的不朽作品。单就唐代以后的诗词来说,文学的宝贵遗产也就够丰富的了。对于其中的封建性的糟粕,我们必须彻底批判;对于其中民主性的精华,我们也应该予以继承。要继承,首先必须深入理解。诗词的格律是诗词的表现形式之一。因此,当我们研究古人的诗词的时候,同时了解一下诗词的格律,还是有必要的。

　　毛主席的诗词是革命现实主义与革命浪漫主义的高度

结合。这些超越千古的作品既表现了革命生活中的伟大事件，又表现了斗志昂扬、意气风发的革命乐观主义精神。我们学习毛主席的诗词，自然要学习其思想内容和精神实质。但是，我们可以通过形式去了解内容：诗词既然是有一定格律的，我们在学习毛主席的诗词的时候，如果能够知道关于诗词格律的一些基本知识，那就更能欣赏其中的艺术的美，更能体会政治内容和艺术形式的统一性了。

我们在叙述诗词格律的时候，既举毛主席的诗词为例，又举古人的诗词为例。在举古人的诗词为例的时候，注意选择一些思想比较健康，可资借鉴的作品。但是，这些都是封建文人的作品，不可避免地还带有封建时代的局限性，常常是封建性的糟粕和民主性的精华杂糅在一起。因此，我们必须贯彻两点论，除了历史主义地加以肯定之外，还必须站在今天无产阶级世界观的高度来观察和衡量。

毛主席教导说："诗当然以新诗为主体，旧诗可以写一些，但是不宜在青年中提倡，因为这种体裁束缚思想，又不易学。"这本书对于写旧诗的人，可供参考。但是我们应该遵照毛主席的教导，不在青年中提倡写旧诗。

这书所讲的诗词格律，大部分是前人研究的成果，也有一些地方是著者自己的意见。由于它是一部基本知识的书，所以书中不详细说明哪些部分是某书上叙述过的，哪些部分是著者自己的话。这本书着重在讲格律，不是诗词选本，所以对于举例的诗词，不加注释。所引诗词的字句，也有版本的不同；著者对于版本是经过选择的，但是为了节省

篇幅并避免烦琐,也不打算在每一个地方都加上校勘性的
说明了。

第一章　关于诗词格律
的一些概念

第一节　韵

　　韵是诗词格律的基本要素之一。诗人在诗词中用韵,叫做押韵。从《诗经》到后代的诗词,差不多没有不押韵的。民歌也没有不押韵的。在北方戏曲中,韵又叫辙,押韵叫合辙。

　　一首诗有没有韵,是一般人都觉察得出来的。至于要说明什么是韵,那却不太简单。但是,今天我们有了汉语拼音字母,对于韵的概念还是容易说明的。

　　诗词中所谓韵,大致等于汉语拼音中所谓韵母。大家知道,一个汉字用拼音字母拼起来,一般都有声母,有韵母。例如"公"字拼成 gōng,其中 g 是声母,ōng 是韵母。声母总是在前面的,韵母总是在后面的。我们再看"东"dōng,"同"tóng,"隆"lóng,"宗"zōng,"聪"cōng 等,它们的韵母都是 ong,所以它们是同韵字。

　　凡是同韵的字都可以押韵。所谓押韵,就是把同韵的两个或更多的字放在同一位置上。一般总是把韵放在句

尾,所以又叫"韵脚"。试看下面的一个例子:

书湖阴先生壁

[宋]王安石

茅檐常扫净无苔(tái),
△

花木成蹊手自栽(zāi)。
△

一水护田将绿遶,

两山排闼送青来(lái)①。
△

这里"苔"、"栽"和"来"押韵,因为它们的韵母都是 ai。"遶"(绕)字不押韵,因为"遶"字拼起来是 rào,它的韵母是ao,跟"苔"、"栽"、"来"不是同韵字。依照诗律,像这样的四句诗,第三句是不押韵的。

在拼音中,a、e、o 的前面可能还有 i,u,ü,如 ia,ua,uai,iao,ian,uan,üan,iang,uang,ie,üe,iong,ueng 等,这种 i,u,ü 叫做韵头,不同韵头的字也算是同韵字,也可以押韵。例如:

四时田园杂兴

[宋]范成大

昼出耘田夜绩麻(má),
△

村庄儿女各当家(jiā)。
△

---

① △号表示韵脚。下同。

童孙未解供耕织，

也傍桑阴学种瓜（guā）。
　　　　　　　　△

"麻"、"家"、"瓜"的韵母是 a, ia, ua, 韵母虽不完全相同, 但它们是同韵字, 押起韵来是同样谐和的。

　　押韵的目的是为了声韵的谐和。同类的乐音在同一位置上的重复, 这就构成了声音回环的美。

　　但是, 为什么当我们读古人的诗的时候, 常常觉得它们的韵并不十分谐和, 甚至很不谐和呢? 这是因为时代不同的缘故。语言发展了, 语音起了变化, 我们拿现代的语音去读它们, 自然不能完全适合了。例如：

山　　行

[唐] 杜　牧

远上寒山石径斜（xié），
　　　　　　△

白云深处有人家（jiā）。
　　　　　　△

停车坐爱枫林晚，

霜叶红于二月花（huā）。
　　　　　　　△

xié 和 jiā, huā 不是同韵字, 但是, 唐代"斜"字读 siá（s 读浊音）, 和现代上海"斜"字的读音一样。因此, 在当时是谐和的。又如：

江　南　曲

[唐] 李　益

嫁得瞿塘贾，

　　　　朝朝误妾期(qī)。
　　　　　　△
　　　　早知潮有信,
　　　　嫁与弄潮儿(ér)。
　　　　　　　　△

在这首诗里,"期"和"儿"是押韵的;按今天普通话去读,qī
和 ér 就不能算押韵了。如果按照上海的白话音念"儿"字,
念如 ní 音(这个音正是接近古音的),那就谐和了。今天我
们当然不可能(也不必要)按照古音去读古人的诗;不过我
们应该明白这个道理,才不至于怀疑古人所押的韵是不谐
和的。

　　古人押韵是依照韵书的。古人所谓"官韵",就是朝廷
颁布的韵书。这种韵书,在唐代,和口语还是基本上一致
的;依照韵书押韵,也是比较合理的。宋代以后,语音变化
较大,诗人们仍旧依照韵书来押韵,那就变为不合理的了。
今天我们如果写旧诗,自然不一定要依照韵书来押韵。不
过,当我们读古人的诗的时候,却又应该知道古人的诗韵。
在第二章里,我们还要回到这个问题上来讲。

第二节　四声

　　四声,这里指的是古代汉语的四种声调。我们要知道
四声,必须先知道声调是怎样构成的。所以这里先从声调
谈起。

声调,这是汉语(以及某些其他语言)的特点。语音的高低、升降、长短构成了汉语的声调,而高低、升降则是主要的因素。拿普通话的声调来说,共有四个声调:阴平声是一个高平调(不升不降叫平);阳平声是一个中升调(不高不低叫中);上声是一个低升调(有时是低平调);去声是一个高降调。

古代汉语也有四个声调,但是和今天普通话的声调种类不完全一样。古代的四声是:

(1)平声。这个声调到后代分化为阴平和阳平。

(2)上声。这个声调到后代有一部分变为去声。

(3)去声。这个声调到后代仍是去声。

(4)入声。这个声调是一个短促的调子。现代江浙、福建、广东、广西、江西等处都还保存着入声。北方也有不少地方(如山西、内蒙古)保存着入声。湖南的入声不是短促的了,但也保存着入声这一个调类。北方的大部分和西南的大部分的口语里,入声已经消失了。北方的入声字,有的变为阴平,有的变为阳平,有的变为上声,有的变为去声。就普通话来说,入声字变为去声的最多,其次是阳平;变为上声的最少。西南方言(从湖北到云南)的入声字一律变成了阳平。

古代的四声高低升降的形状是怎样的,现在不能详细知道了。依照传统的说法,平声应该是一个中平调,上声应该是一个升调,去声应该是一个降调,入声应该是一个短调。《康熙字典》前面载有一首歌诀,名为《分四声法》:

平声平道莫低昂，

上声高呼猛烈强，

去声分明哀远道，

入声短促急收藏。

这种叙述是不够科学的，但是它也让我们知道了古代四声的大概。

四声和韵的关系是很密切的。在韵书中，不同声调的字不能算是同韵。在诗词中，不同声调的字一般不能押韵。

什么字归什么声调，在韵书中是很清楚的。在今天还保存着入声的汉语方言里，某字属某声也还相当清楚。我们特别应该注意的是一字两读的情况。有时候，一个字有两种意义（往往词性也不同），同时也有两种读音。例如"为"字，用作动词的时候解作"做"，就读平声（阳平）；用作介词的时候解作"因为"、"为了"，就读去声。在古代汉语里，这种情况比现代汉语多得多。现在试举一些例子：

骑，平声，动词，骑马；去声，名词，骑兵。

思，平声，动词，思念；去声，名词，思想，情怀。

誉，平声，动词，称赞；去声，名词，名誉。

污，平声，形容词，污秽；去声，动词，弄脏。

数，上声，动词，计算；去声，名词，数目，命运；入声
　（读如朔），形容词，频繁。

教，去声，名词，教化，教育；平声，动词，使，让。

令，去声，名词，命令；平声，动词，使，让。

禁，去声，名词，禁令，宫禁；平声，动词，堪，经

得起。

杀，入声，及物动词，杀戮；去声（读如晒），不及物
动词，衰落。

有些字，本来是读平声的，后来变为去声，但是意义词
性都不变。"望"、"叹"、"看"都属于这一类。"望"和"叹"在
唐诗中已经有读去声的了，"看"字直到近代律诗中，往往也
还读平声（读如刊）。在现代汉语里，除"看守"的看读平声
以外，"看"字总是读去声了。也有比较复杂的情况：如"过"
字用作动词时有平去两读，至于用作名词，解作过失时，就
只有去声一读了。

辨别四声，是辨别平仄的基础。下一节我们就讨论平
仄问题。

第三节　平仄

知道了什么是四声，平仄就好懂了。平仄是诗词格律
的一个术语：诗人们把四声分为平仄两大类，平就是平声，
仄就是上去入三声。仄，按字义解释，就是不平的意思。

凭什么来分平仄两大类呢？因为平声是没有升降的，
较长的，而其他三声是有升降的（入声也可能是微升或微
降），较短的，这样，它们就形成了两大类型。如果让这两类
声调在诗词中交错着，那就能使声调多样化，而不至于单

调。古人所谓"声调铿锵"①，虽然有许多讲究，但是平仄谐和也是其中的一个重要因素。

平仄在诗词中又是怎样交错着的呢？我们可以概括为两句话：

　　(1)平仄在本句中是交替的；

　　(2)平仄在对句中是对立的。

这种平仄规则在律诗中表现得特别明显。

例如毛主席《长征》诗的第五、六两句：

　　金沙水拍云崖暖，

　　大渡桥横铁索寒。

这两句诗的平仄是：

　　平平｜仄仄｜平平｜仄，

　　仄仄｜平平｜仄仄｜平。

就本句来说，每两个字一个节奏。平起句平平后面跟着的是仄仄，仄仄后面跟着的是平平，最后一个又是仄。仄起句仄仄后面跟着的是平平，平平后面跟着的是仄仄，最后一个又是平。这就是交替。就对句来说，"金沙"对"大渡"，是平平对仄仄，"水拍"对"桥横"，是仄仄对平平，"云崖"对"铁索"，是平平对仄仄，"暖"对"寒"，是仄对平。这就是对立。

关于诗词的平仄规则，下文还要详细讨论。现在先谈一谈我们怎样辨别平仄。

如果你的方言里是有入声的(譬如说，你是江浙人或山

---

① "铿锵"，音 kēng qiāng，乐器声。指宫商协调。

西人、湖南人、华南人),那么,问题就很容易解决。在那些有人声的方言里,声调不止四个,不但平声分阴阳,连上声、去声、入声,往往也都分阴阳。像广州入声还分为三类。这都好办:只消把它们合并起来就是了,例如把阴平、阳平合并为平声,把阴上、阳上、阴去、阳去、阴入、阳入合并为仄声,就是了。问题在于你要先弄清楚自己方言里有几个声调。这就要找一位懂得声调的朋友帮助一下。如果你在语文课上已经学过本地声调和普通话声调的对应规律,已经弄清楚了自己方言里的声调,就更好了。

如果你是湖北、四川、云南、贵州和广西北部的人,那么,入声字在你的方言里都归了阳平。这样,遇到阳平字就应该特别注意,其中有一部分在古代是属于入声字的。至于哪些字属入声,哪些字属阳平,就只好查字典或韵书了。

如果你是北方人,那么,辨别平仄的方法又跟湖北等处稍有不同。古代入声字既然在普通话里多数变了去声,去声也是仄声;又有一部分变了上声,上声也是仄声。因此,由入变去和由入变上的字都不妨碍我们辨别平仄;只有由入变平(阴平、阳平)才造成了辨别平仄的困难。我们遇着诗律上规定用仄声的地方,而诗人用了一个在今天读来是平声的字,引起了我们的怀疑,可以查字典或韵书来解决。

注意,凡韵尾是 -n 或 -ng 的字,不会是入声字。如果就湖北、四川、云南、贵州和广西北部来说,ai,ei,ao,ou 等韵基本上也没有入声字。

总之,入声问题是辨别平仄的唯一障碍。这个障碍是查字典或韵书才能消除的；但是，平仄的道理是很好懂的。而且，中国大约还有一半的地方是保留着入声的，在那些地方的人们，辨别平仄更是没有问题了。

第四节　对仗

诗词中的对偶，叫做对仗。古代的仪仗队是两两相对的，这是"对仗"这个术语的来历。

对偶又是什么呢？对偶就是把同类的概念或对立的概念并列起来，例如"抗美援朝"，"抗美"与"援朝"形成对偶。对偶可以句中自对，又可以两句相对。例如"抗美援朝"是句中自对，"抗美援朝，保家卫国"是两句相对。一般讲对偶，指的是两句相对。上句叫出句，下句叫对句。

对偶的一般规则，是名词对名词，动词对动词，形容词对形容词，副词对副词。仍以"抗美援朝，保家卫国"为例："抗"、"援"、"保"、"卫"都是动词相对，"美"、"朝"、"家"、"国"都是名词相对。实际上，名词还可以细分为若干类，同类名词相对被认为是工整的对偶，简称"工对"。这里"美"与"朝"都是专名，而且都是简称，所以是工对；"家"与"国"都是人的集体，所以也是工对。"保家卫国"对"抗美援朝"也算工对，因为句中自对工整了，两句相对就不要求同样工整了。

对偶是一种修辞手段，它的作用是形成整齐的美。汉语的特点特别适宜于对偶,因为汉语单音词较多,即使是复音词,其中的词素也有相当的独立性,容易造成对偶。对偶既然是修辞手段,那么,散文与诗都用得着它。例如《易经》说:"同声相应,同气相求。"(《易·乾文言》)《诗经》说:"昔我往矣,杨柳依依;今我来思,雨雪霏霏。"(《小雅·采薇》)这些对仗都是适应修辞的需要的。但是,律诗中的对仗还有它的规则,而不是像《诗经》那样随便的。这个规则是:

　　(1)出句和对句的平仄是相对立的;

　　(2)出句的字和对句的字不能重复①。

因此,像上面所举《易经》和《诗经》的例子还不合于律诗对仗的标准。上面所举毛主席《长征》诗中的两句:"金沙水拍云崖暖,大渡桥横铁索寒",才是合于律诗对仗的标准的。

　　对联(对子)是从律诗演化出来的,所以也要适合上述的两个标准。例如毛主席在《改造我们的学习》中,所举的一副对子:

　　墙上芦苇,头重脚轻根底浅;

　　山间竹笋,嘴尖皮厚腹中空。

这里上联(出句)的字和下联(对句)的字不相重复,而它们的平仄则是相对立的:

　　　　仄仄平平,仄仄平平平仄仄;

---

　　① 至少是同一位置上不能重复。例如"昔我往矣,杨柳依依;今我来思,雨雪霏霏",出句第二字和对句第二字都是"我"字,那就是同一位置上的重复。

Ⓟ平Ⓚ仄,Ⓟ平Ⓚ仄仄平平①。

就修辞方面说,这副对子也是对得很工整的。"墙上"是名
词带方位词,所对的"山间"也是名词带方位词。"根底"是
名词带方位词②,所对的"腹中"也是名词带方位词。"头"
对"嘴","脚"对"皮",都是名词对名词。"重"对"尖","轻"
对"厚",都是形容词对形容词。"头重"对"脚轻","嘴尖"对
"皮厚",都是句中自对。这样句中自对而又两句相对,更显
得特别工整了。

关于诗词的对仗,下文还要详细讨论,现在先谈到这里。

---

① 字外有圆圈的,表示可平可仄。
② "根底"原作"根柢",是平行结构。写作"根底"仍是平行结构。我们
说是名词带方位词,是因为这里确是利用了"底"也可以作方位词这
一事实来构成对仗的。

第二章　诗　律

第一节　诗的种类

关于诗的种类，问题是相当复杂的。《唐诗三百首》的编者把诗分为古诗、律诗、绝句三类，又在这三类中都附有乐府一类；古诗、律诗、绝句又各分为五言、七言。这是一种分法。沈德潜所编的《唐诗别裁》的分类稍有不同：他不把乐府独立起来，但是他增加了五言长律一类。宋郭知达所编的杜甫诗集就只简单地分为古诗和近体诗两类。现在我们试就上述三种分类法再参照别的分类法加以讨论。

从格律上看，诗可分为古体诗和近体诗。古体诗又称古诗或古风；近体诗又称今体诗。从字数上看，有四言诗，五言诗，七言诗①。唐代以后，四言诗很少见了，所以一般诗集只分为五言、七言两类。

---

① 六言诗是很少见的。

（一）古体和近体

古体诗是依照古代的诗体来写的。在唐人看来，从《诗经》到南北朝的庾信，都算是古，因此，所谓依照古代的诗体，也就没有一定的标准。但是，诗人们所写的古体诗，有一点是一致的，那就是不受近体诗的格律的束缚。我们可以说，凡不受近体诗格律的束缚的，都是古体诗。

乐府产生于汉代，本来是配音乐的，所以称为"乐府"或"乐府诗"。这种乐府诗称为"曲"、"辞"、"歌"、"行"等。到了唐代以后，文人摹拟这种诗体而写成的古体诗，也叫"乐府"，但是已经不再配音乐了。由于隋唐时代逐渐形成了新音乐，后来又产生了配新音乐的歌词，叫做"词"。词大概产生于盛唐。在乐府衰微之后，词产生之前的一个过渡时期，配新乐曲的歌辞即采用近体诗。像王维的《渭城曲》、李白的《清平调》，都是近体诗的形式。

近体诗以律诗为代表。律诗的韵、平仄、对仗，都有许多讲究。由于格律很严，所以称为律诗。律诗有以下四个特点：

　　a. 每首限定八句，五律共四十字，七律共五十六字；

　　b. 押平声韵；

　　c. 每句的平仄都有规定；

　　d. 每篇必须有对仗，对仗的位置也有规定。

有一种超过八句的律诗，称为长律。长律自然也是近体诗。长律一般是五言的[①],往往在题目上标明韵数,如杜甫《风疾舟中伏枕书怀三十六韵》,就是三百六十字;白居易《代书诗一百韵寄微之》,就是一千字。这种长律除了尾联(或除了首尾两联)以外,一律用对仗,所以又叫排律[②]。

绝句比律诗的字数少一半。五言绝句只有二十字,七言绝句只有二十八字。绝句实际上可以分为古绝、律绝两类。

古绝可以用仄韵。即使是押平声韵的,也不受近体诗平仄规则的束缚。这可以归入古体诗一类。

律绝不但押平声韵,而且依照近体诗的平仄规则。在形式上它们就等于半首律诗。这可以归入近体诗[③]。

总括起来说:一般所谓古风属于古体诗,而律诗(包括长律)则属于近体诗。乐府和绝句,有些属于古体,有些属于近体。

(二)五言和七言

五言就是五个字一句,七言就是七个字一句。五言古诗简称五古,七言古诗简称七古;五言律诗简称五律,七言律诗简称七律;五言绝句简称五绝,七言绝句简称七绝。

---

① 也有七言长律,如杜甫《清明》二首等。

② 参照下文第 48 页"长律的对仗"。

③ 郭知达编杜甫诗集把多数绝句都归入近体诗。元稹所编的《白氏长庆集》索性就把这种绝句归入律诗。

古风分为五古、七古,这只是大致的分法。其实除了五言、七言之外,还有所谓杂言。杂言指的是长短句杂在一起,主要是三字句、五字句、七字句,其中偶然也有四字句、六字句、以及七字以上的句子。杂言诗一般不另立一类,而只归入七古。甚至篇中完全没有七字句,只要是长短句,也就归入七古。这是习惯上的分类法,是没有什么理论根据的。

第二节　律诗的韵

我们先讲近体诗,后讲古体诗,这是因为彻底了解了近体诗之后,才能更好地了解古体诗。第一,古体诗既然是以不受近体诗格律的束缚为其特征的,我们就必须先知道近体诗的格律是什么,然后能知道什么是古体诗。第二,自从有了律诗以后,古体诗也不能不受律诗的影响,所以要先了解律诗,然后能知道古体诗所受律诗的影响是什么。

在这一节里,我们先谈律诗的韵。

古人写律诗,是严格地依照韵书来押韵的。韵书的历史,这里用不着详细叙述。清代一般人常常查阅的《诗韵集成》《诗韵合璧》等韵书,不但可以说明清代律诗的押韵,而且可以说明唐宋律诗的用韵。一般人所谓"诗韵",也就是指这个来说的①。

诗韵共有 106 个韵：平声 30 韵，上声 29 韵，去声 30 韵，入声 17 韵。律诗一般只用平声韵②，所以我们在这一节里只谈平声韵；至于仄声韵，留待下文讲古体诗时再行讨论。

在韵书里，平声分为上平声、下平声。平声字多，所以分为两卷，等于说平声上卷，平声下卷，没有别的意思。

上平声 15 韵：

一东	二冬	三江	四支	五微	六鱼
七虞	八齐	九佳	十灰	十一真	十二文
十三元	十四寒	十五删			

下平声 15 韵：

一先	二萧	三肴	四豪	五歌	六麻
七阳	八庚	九青	十蒸	十一尤	十二侵
十三覃	十四盐	十五咸			

东冬等字都只是韵的代表字，它们只表示韵母的种类。至于东冬这两个韵（以及其他相近似的韵）在读音上有什么分别，现在我们不需要追究它。我们只须知道：它们在最初的时候可能是有区别的，后来混而为一了，但是古代诗人们依照韵书，在写律诗时还不能把它们混用。起初是限于功令，在科举应试的时候不能不遵守它；后来成为风气，平常

---

① 《佩文韵府》等书，也是按这个诗韵排列的。

② 刘长卿、白居易、韩偓等人写了一些仄韵律诗。因为这种诗是罕见的，这里不谈。

写律诗的时候也遵守它了。在《红楼梦》里,有这样一段故事:林黛玉叫香菱写一首咏月的律诗,指定用寒韵。香菱正在挖心搜胆,耳不旁听,目不别视的时候,探春隔窗笑说道:"菱姑娘,你闲闲吧。"香菱怔怔答道:"闲字是十五删的,错了韵了。"这一段故事可以说明近体诗用韵的严格。

韵有宽有窄:字数多的叫宽韵,字数少的叫窄韵。宽韵如支韵、真韵、先韵、阳韵、庚韵、尤韵等,窄韵如江韵、佳韵、肴韵、覃韵、盐韵、咸韵等。窄韵的律诗是比较少见的。有些韵,如微韵、删韵、侵韵,字数虽不多,但是比较合用,诗人们也很喜欢用它们。

现在我们举出几首律诗为例[①]:

送魏大将军(一东)

[唐]陈子昂

匈奴犹未灭,魏绛复从戎。
　　　　　　　　△

---

①　我们有意识地举一些在今天看来不必分别,而前人在律诗中严格区别开来的韵,如东与冬,鱼与虞,庚与青。其余的韵可以参看下文各节所举的例子。四支,张巡《守睢阳诗》,48页。五微,苏轼《寿星院寒碧轩》,41页。十灰,杜甫《客至》,44页。十一真,孟浩然《宿建德江》,56页。十二文,杜甫《春日忆李白》,44页。十三元,林逋《山园小梅》,22页。十四寒,杜甫《月夜》,32页。十五删,陆游《书愤》,26页。一先,王维《使至塞上》,30页。二萧,毛主席《送瘟神》(其二),33页。四豪,卢纶《塞下曲》,57页。五歌,杜甫《天末怀李白》,36页。六麻,杜牧《泊秦淮》,57页。七阳,杜甫《闻官军收河南河北》,47页。十蒸,苏轼《鄘坞》,58页。十一尤,李白《渡荆门送别》,33页。窄韵不举例。

怅别三河道,言追六郡雄。

雁山横代北,狐塞接云中。

勿使燕然上,惟留汉将功。

喜见外弟又言别(二冬)

〔唐〕李 益

十年离乱后,长大一相逢。

问姓惊初见,称名忆旧容。

别来沧海事,语罢暮天钟。

明日巴陵道,秋山又几重?

筹 笔 驿(六鱼)

〔唐〕李商隐

猿鸟犹疑畏简书,风云常为护储胥。

徒令上将挥神笔,终见降王走传车。

管乐有才元不忝,关张无命欲何如?

他年锦里经祠庙,梁父吟成恨有馀。

终 南 山(七虞)

〔唐〕王 维

太乙近天都,连山到海隅。

白云回望合,青霭入看无。

分野中峰变,阴晴众壑殊。

欲投人处宿,隔水问樵夫。

钱塘湖春行(八齐)
〔唐〕白居易

孤山寺北古亭西,水面初平云脚低。

几处早莺争暖树? 谁家新燕啄春泥?

乱花渐欲迷人眼,浅草才能没马蹄。

最爱湖东行不足,绿杨阴里白沙堤。

月夜忆舍弟(八庚)
〔唐〕杜　甫

戍鼓断人行,边秋一雁声。

露从今夜白,月是故乡明。

有弟皆分散,无家问死生。

寄书长不达,况乃未休兵!

送赵都督赴代州(九青)
〔唐〕王　维

天官动将星,汉地柳条青。

万里鸣刁斗,三军出井陉。

忘身辞凤阙，报国取龙庭①。

岂学书生辈，窗间老一经！

咏 煤 炭（十二侵）

[明]于 谦

凿开混沌得乌金，藏蓄阳和意最深。

爝火燃回春浩浩，洪炉照破夜沉沉。

鼎彝元赖生成力，铁石犹存死后心。

但愿苍生俱饱暖，不辞辛苦出山林。

五律第一句，多数是不押韵的；七律第一句，多数是押韵的。由于第一句押韵与否是自由的，所以第一句的韵脚也可以不太严格，用邻近的韵也行。这种首句用邻韵的风气到晚唐才相当普遍，宋代更成为有意识的时尚。现在试举两个例子：

清 明

[唐]杜 牧

清明时节雨纷纷，路上行人欲断魂。

借问酒家何处有，牧童遥指杏花村。

---

① 杨炯《从军行》："牙璋辞凤阙，铁骑绕龙城。""龙庭"就是"龙城"。这里不用"龙城"，而用"龙庭"，因为"城"字是八庚韵，"庭"字是九青韵。

山园小梅

[宋]林　逋

众芳摇落独暄妍，占尽风情向小园。

疏影横斜水清浅，暗香浮动月黄昏。

霜禽欲下先偷眼，粉蝶如知合断魂。

幸有微吟可相狎，不须檀板共金樽。

这两首诗用的都是十三元韵，但是杜牧《清明》第一句韵脚却用了十二文韵的"纷"字，林逋《山园小梅》第一句韵脚却用了一先韵的"妍"字。这种首句用邻韵的情况，在王维、李白、杜甫等盛唐诗人的律诗里是少见的①。

以上所述律诗用韵的严格性，只是为了说明古代的律诗。今天我们如果也写律诗，就不必拘泥古人的诗韵。不但首句用邻韵，就是其他的韵脚用邻韵，只要朗诵起来谐和，都是可以的。

第三节　律诗的平仄

平仄，这是律诗中最重要的因素。律诗的平仄规则，一直

---

① 李白有一首《访戴天山道士不遇》也是首句用邻韵，还有李颀的《送李回》。但是这种情况不多见。

应用到后代的词曲。我们讲诗词的格律,主要就是讲平仄。

(一)五律的平仄

五言的平仄,只有四个类型,而这四个类型可以构成两联。即:

> 仄仄平平仄,平平仄仄平;
>
> 平平平仄仄,仄仄仄平平。

由这两联的错综变化,可以构成五律的四种平仄格式。其实只有两种基本格式,其余两种不过是在基本格式的基础上稍有变化罢了。

(1)仄起式

> ⊗仄平平仄,平平仄仄平。
>
> ⊕平平仄仄,⊗仄仄平平。
>
> ⊗仄平平仄,平平仄仄平。
>
> ⊕平平仄仄,⊗仄仄平平。

(字外加圈表示可平可仄。)

春   望

[唐]杜 甫

国破山河在,城春草木深。

感时花溅泪,恨别鸟惊心。

烽火连三月,家书抵万金。

白头搔更短,浑欲不胜簪^①。

另一式,首句改为⑭仄仄平平,其余不变^②。

（2）平起式

　　㊊平平仄仄,⑭仄仄平平。

　　⑭仄平平仄,平平仄仄平。

　　㊊平平仄仄,⑭仄仄平平。

　　⑭仄平平仄,平平仄仄平。

山 居 秋 暝

[唐]王　维

　　空山新雨后,天气晚来秋。

　　明月松间照,清泉石上流。

　　竹喧归浣女,莲动下渔舟。

　　随意春芳歇,王孙自可留。

另一式,首句改为平平仄仄平,其余不变^③。

（二）七律的平仄

　　七律是五律的扩展,扩展的办法是在五字句的上面加一个两字的头。仄上加平,平上加仄。试看下面的对照表:

---

① 胜,平声,读如升。簪字有 zān、zēn 两读,分入覃侵两韵,这里押侵韵,读 zēn。字下加小圆点的都是入声字。下同。

② 参看上文 20 页杜甫《月夜忆舍弟》。

③ 这一种格式比较少见。参看上文第 20 页王维《送赵都督赴代州》。

（1）平仄脚

　　五言仄起仄收　　　○○仄仄平平仄

　　七言平起仄收　　　平平仄仄平平仄

（2）仄平脚

　　五言平起平收　　　○○平平仄仄平

　　七言仄起平收　　　仄仄平平仄仄平

（3）仄仄脚

　　五言平起仄收　　　○○平平平仄仄

　　七言仄起仄收　　　仄仄平平平仄仄

（4）平平脚

　　五言仄起平收　　　○○仄仄仄平平

　　七言平起平收　　　平平仄仄仄平平

因此，七律的平仄也只有四个类型，这四个类型也可以构成两联，即：

　　　　平平仄仄平平仄，仄仄平平仄仄平。

　　　　仄仄平平平仄仄，平平仄仄仄平平。

　　由这两联的平仄错综变化，可以构成七律的四种平仄格式。其实只有两种基本格式，其余两种不过在基本格式的基础上稍有变化罢了。

　　（1）仄起式

　　　　⊗仄平平仄仄平，⊕平⊗仄仄平平。

　　　　⊕平⊗仄平平仄，⊗仄平平仄仄平。

　　　　⊗仄⊕平平仄仄，⊕平⊗仄仄平平。

　　　　⊕平⊗仄平平仄，⊗仄平平仄仄平。

书　愤

［宋］陆　游

早岁那知世事艰？中原北望气如山^①。
楼船夜雪瓜州渡，铁马秋风大散关。
塞上长城空自许，镜中衰鬓已先斑。
出师一表真名世，千载谁堪伯仲间？

到　韶　山

毛泽东

别梦依稀咒逝川，故园三十二年前。
红旗卷起农奴戟，黑手高悬霸主鞭。
为有牺牲多壮志，敢教日月换新天^②。
喜看稻菽千重浪，遍地英雄下夕烟。

冬　云

毛泽东

雪压冬云白絮飞，万花纷谢一时稀。
高天滚滚寒流急，大地微微暖气吹。
独有英雄驱虎豹，更无豪杰怕熊罴。

---

① "那"，平声。
② "教"，平声。

梅花欢喜漫天雪,冻死苍蝇未足奇①。

另一式,第一句改为仄仄平平平仄仄,其余不变②。

（2）平起式

平平仄仄仄平平,仄仄平平仄仄平。

仄仄平平平仄仄,平平仄仄仄平平。

平平仄仄平平仄,仄仄平平仄仄平。

仄仄平平平仄仄,平平仄仄仄平平。

长　征
毛泽东

红军不怕远征难,万水千山只等闲。

五岭逶迤腾细浪,乌蒙磅礴走泥丸。

金沙水拍云崖暖,大渡桥横铁索寒。

更喜岷山千里雪,三军过后尽开颜。

人民解放军占领南京
毛泽东

钟山风雨起苍黄,百万雄师过大江。

虎踞龙盘今胜昔,天翻地覆慨而慷。

宜将剩勇追穷寇,不可沽名学霸王。

天若有情天亦老,人间正道是沧桑。

---

① "漫",平声。

② 参看下文第47页杜甫《闻官军收河南河北》。

登 庐 山

毛泽东

一山飞峙大江边，跃上葱茏四百旋。

冷眼向洋看世界，热风吹雨洒江天。

云横九派浮黄鹤，浪下三吴起白烟。

陶令不知何处去，桃花源里可耕田？

和郭沫若同志

毛泽东

一从大地起风雷，便有精生白骨堆。

僧是愚氓犹可训，妖为鬼蜮必成灾。

金猴奋起千钧棒，玉宇澄清万里埃。

今日吹呼孙大圣，只缘妖雾又重来。

另一式，第一句改为⑰平Ⓧ仄平平仄，其余不变①。

（三）粘 对②

律诗的平仄有"粘对"的规则。

对，就是平对仄，仄对平。也就是上文所说的：在对句中，平仄是对立的。五律的"对"，只有两副对联的形式，即：

---

① 参看下文第 44 页杜甫《客至》。

② "粘"，读 nián。

　(1)仄仄平平仄,平平仄仄平。

　(2)平平平仄仄,仄仄仄平平。

七律的"对",也只有两副对联的形式,即:

　(1)平平仄仄平平仄,仄仄平平仄仄平。

　(2)仄仄平平平仄仄,平平仄仄仄平平。

　如果首句用韵,则首联的平仄就不是完全对立的。由于韵脚的限制,也只能这样办。这样,五律的首联成为:

　(1)仄仄仄平平,平平仄仄平。

或者是:

　(2)平平仄仄平,仄仄仄平平。

七律的首联成为:

　(1)平平仄仄仄平平,仄仄平平仄仄平。

或者是:

　(2)仄仄平平仄仄平,平平仄仄仄平平。

　粘,就是平粘平,仄粘仄;后联出句第二字的平仄要跟前联对句第二字相一致。具体说来,要使第三句跟第二句相粘,第五句跟第四句相粘,第七句跟第六句相粘。上文所述的五律平仄格式和七律平仄格式,都是合乎这个规则的。试看毛主席的《长征》,第二句"水"字仄声,第三句"岭"字跟着也是仄声;第四句"蒙"字平声,第五句"沙"字跟着也是平声;第六句"渡"字仄声,第七句"喜"字跟着也是仄声。可见粘的规则是很严格的。

　粘对的作用,是使声调多样化。如果不"对",上下两句的平仄就雷同了;如果不"粘",前后两联的平仄又雷同了。

明白了粘对的道理,可以帮助我们背诵平仄的歌诀(即格式)。只要知道了第一句的平仄,全篇的平仄都能背诵出来了。

明白了粘对的道理,又可以帮助我们了解长律的平仄。不管长律有多长,也不过是依照粘对的规则来安排平仄。

违反了粘的规则,叫做失粘①;违反了对的规则,叫做失对。在王维等人的律诗中,由于律诗尚未定型化,还有一些不粘的律诗。例如:

使 至 塞 上

[唐]王　维

单车欲问边,属国过居延。

征蓬出汉塞,归雁入胡天。

大漠孤烟直,长河落日圆。

萧关逢候骑,都护在燕然②。

这里第三句和第二句不粘。到了后代,失粘的情形非常罕见。至于失对,就更是诗人们所留心避免的了。

(四)孤平的避忌

孤平是律诗(包括长律、律绝)的大忌,所以诗人们在写

---

① 失粘有广义,有狭义。广义的失粘指一切平仄不调的现象。狭义的失粘就是这里所讲的。

② "燕",平声。

律诗的时候,注意避免孤平。在词曲中用到同类句子的时候,也注意避免孤平。

在五言"平平仄仄平"这个句型中,第一字必须用平声;如果用了仄声字,就是犯了孤平。因为除了韵脚之外,只剩一个平声字了。七言是五言的扩展,所以在"仄仄平平仄仄平"这个句型中,第三字如果用了仄声,也叫犯孤平①。在唐人的律诗中,绝对没有孤平的句子②。毛主席的诗词也从来没有孤平的句子。试看《长征》第二句的"千"字,第六句的"桥"字都是平声字,可为例证。

在这种情况下,如果五言第一字、七言第三字必须用仄声,另有一种补救办法,详见下文。

(五)特定的一种平仄格式

在五言"平平平仄仄"这个句型中,可以使用另一个格式,就是"平平仄平仄";七言是五言的扩展,所以在七言"仄仄平平平仄仄"这个句型中,也可以使用另一个格式,就是"仄仄平平仄平仄"。这种格式的特点是:五言第三四两字

① 注意:犯孤平指的是平脚的句子;仄脚的句子即使只有一个平声字,也不算犯孤平。如李白《宿五松山下荀媪家》:"我宿五松下",只算拗句,不算孤平。又指的是"平平仄仄平"这个格式,至于像孟浩然《临洞庭上张丞相》"八月湖水平",那也是另一种拗句,不是孤平。

② 杜甫《秦州杂诗》第二十首:"晒药能无妇,应门幸有儿。"《独坐》第二首:"晒药安垂老,应门试小童。"答应的应(又写作譍)在唐宋时有平去二读,这里读平声,所以不犯孤平。参看《诗韵合璧》蒸韵譍字条。

的平仄互换位置,七言第五六两字的平仄互换位置。注意:在这种情况下,五言第一字、七言第三字必须用平声,不再是可平可仄的了。

　　这种格式在唐宋的律诗中是很常见的,它和常规的诗句一样常见①。例如②:

月　　夜

〔唐〕杜　甫

　　今夜鄜州月,闺中只独看③。
　　遥怜小儿女,未解忆长安。
　　香雾云鬟湿,清辉玉臂寒。
　　何时倚虚幌,双照泪痕干!

一首诗只有两个句子是应该用"平平平仄仄"的,这里都换上了"平平仄平仄"了。

　　这种特定的平仄格式,习惯上常常用在第七句。例如④:

---

　　①　唐人的试帖诗也容许有这种平仄格式,可见它是正规的格式。
　　②　上文 22 页所引林逋《山园小梅》第三句"疏影横斜水清浅",第七句"幸有微吟可相狎"两句,下文 36 页所引杜甫《天末怀李白》第一句"凉风起天末"也是这种情况。
　　③　鄜,读如孚,平声。看,读如刊,平声。
　　④　下文 37 页所引陆游《夜泊水村》第七句"记取江湖泊船处",44 页所引杜甫《春日忆李白》第七句"何时一尊酒",王维《观猎》第七句"回看射雕处",也都是这种情况。

渡荆门送别

〔唐〕李　白

渡远荆门外，来从楚国游。
山随平野尽，江入大荒流。
月下飞天镜，云生结海楼。
仍怜**故乡**水，万里送行舟。

山 中 寡 妇①

〔唐〕杜荀鹤

夫因兵死守蓬茅，麻苎衣衫鬓发焦。
桑柘废来犹纳税，田园荒尽尚征苗。
时挑野菜和根煮，旋斫生柴带叶烧②。
任是深山**更深**处，也应无计避征徭③！

现在再举毛主席的诗来证明：

送 瘟 神（其二）

毛泽东

春风杨柳万千条，六亿神州尽舜尧。
红雨随心翻作浪，青山着意化为桥。

---

① 一作《时世行赠田妇》。
② "旋"，去声。
③ "更"，去声。

天连五岭银锄落，地动三河铁臂摇。
借问瘟君**欲何**往？纸船明烛照天烧。

答　友　人
毛泽东

九嶷山上白云飞，帝子乘风下翠微。
斑竹一枝千滴泪，红霞万朵百重衣。
洞庭波涌连天雪，长岛人歌动地诗。
我欲因之**梦寥**廓，芙蓉国里尽朝晖。

（六）拗　救

　　凡平仄不依常格的句子，叫做拗句。律诗中如果多用拗句，就变了古风式的律诗（见下文）。上文所叙述的那种特定格式（五言"平平仄平仄"，七言"仄仄平平仄平仄"）也可以认为拗句之一种，但是，它被常用到那样的程度，自然就跟一般拗句不同了。现在再谈几种拗句：它在律诗中也是相当常见的，但是前面一字用拗，后面还必须用"救"。所谓"救"，就是补偿。一般说来，前面该用平声的地方用了仄声，后面必须（或经常）在适当的位置上补偿一个平声。下面的三种情况是比较常见的：

　　（a）在该用"平平仄仄平"的地方，第一字用了仄声，第三字补偿一个平声，以免犯孤平。这样就变了"仄平平仄平"。七言则是由"仄仄平平仄仄平"换成"仄仄**仄平平仄**

平"。这是本句自救。

（b）在该用"仄仄平平仄"的地方,第四字用了仄声（或三四两字都用了仄声）,就在对句的第三字改用平声来补偿。这样就成为"仄仄平仄仄,平平平仄平"。七言则成为"平平仄仄平仄仄,仄仄平平平仄平"。这是对句相救。

（c）在该用"仄仄平平仄"的地方,第四字没有用仄声,只是第三字用了仄声。七言则是第五字用了仄声。这是半拗,可救可不救,和（a）（b）的严格性稍有不同。

诗人们在运用（a）的同时,常常在出句用（b）或（c）。这样既构成本句自救,又构成对句相救。现在试举出几个例子,并加以说明：

宿五松山下荀媪家

[唐]李　白

我宿**五**松下,**寂**寥无所欢。
田家秋作苦,邻女夜春寒。
跪进雕胡饭,**月**光**明**素盘。
令人惭漂母,三谢不能餐①。

第一句"五"字第二句"寂"字都是该平而用仄,"无"字平声,既救第二句的第一字,也救第一句的第三字。第六句是孤平拗救,和第二句同一类型,但它只是本句自救,跟第五句无拗救关系。

_____

① "令",平声。"漂",去声。

天末怀李白

[唐]杜　甫

凉风起天末，君子意如何？

鸿雁**几**时到？江湖**秋**水多。

文章憎命达，魑魅喜人过①。

应共冤魂语，投诗赠汨罗！

第一句是特定的平仄格式，用"平平仄平仄"代替"㊀平平仄仄"（参看上文）。第三句"几"字仄声拗，第四句"秋"字平声救。这是(c)类。

赋得古原草送别

[唐]白居易

离离原上草，一岁一枯荣。

野火烧**不**尽，春风**吹**又生。

远芳侵古道，晴翠接荒城。

又送王孙去，萋萋满别情。

第三句"不"字仄声拗，第四句"吹"字平声救。这是(b)类。

咸阳城东楼

[唐]许　浑

一上高楼万里愁，蒹葭杨柳似汀洲。

---

① "过"，平声。

溪云初起日沉阁，山雨欲来风满楼。

鸟下绿芜秦苑夕，蝉鸣黄叶汉宫秋。

行人莫问当年事，故国东来渭水流。

第三句"日"字拗，第四句"欲"字拗，"风"字既救本句"欲"字，又救出句"日"字。这是(a)(c)两类相结合。

新城道中（其一）

[宋]苏 轼

东风知我欲山行，吹断檐间积雨声。

岭上晴云披絮帽，树头初日挂铜钲。

野桃含笑竹篱短，溪柳自摇沙水清。

西崦人家应最乐，煮芹烧笋饷春耕。

第五句"竹"字拗，第六句"自"字拗，"沙"字既救本句的"自"字，又救出句的"竹"字。这是(a)(c)两类的结合。

夜 泊 水 村

[宋]陆 游

腰间羽箭久凋零，太息燕然未勒铭。

老子犹堪绝大漠，诸君何至泣新亭？

一身报国有万死，双鬓向人无再青！

记取江湖泊船处，卧闻新雁落寒汀。

第五句"有万"二字都拗，第六句"向"字拗，"无"字既是本句自救，又是对句相救。这是(a)(b)两类的结合。

由此看来，律诗一般总是合律的。有些律诗看来好像不合律,其实是用了拗救,仍旧合律。这种拗救的作法,以唐诗为较常见。宋代以后,讲究音律的诗人如苏轼、陆游等仍旧精于此道。我们今天当然不必模仿。但是,知道了拗救的道理,对于唐宋律诗的了解,是有帮助的。

(七)所谓"一三五不论"

关于律诗的平仄,相传有这样一个口诀:"一三五不论,二四六分明。"这是指七律(包括七绝)来说的。意思是说,第一、第三、第五字的平仄可以不拘,第二、第四、第六字的平仄必须分明。至于第七字呢,自然也是要求分明的。如果就五言律诗来说,那就应该是"一三不论,二四分明"。

这个口诀对于初学律诗的人是有用的,因为它是简单明了的。但是,它分析问题是不全面的,所以容易引起误解。这个影响很大。既然它是不全面的,就不能不予以适当的批评。

先说"一三五不论"这句话是不全面的。在五言"平平仄仄平"这个格式中,第一字不能不论,在七言"仄仄平平仄仄平"这个格式中,第三字不能不论,否则就要犯孤平。在五言"平平仄平仄"这个特定格式中,第一字也不能不论;同理,在七言"仄仄平平仄平仄"这个特定格式中,第三字也不能不论。以上讲的是五言第一字、七言第三字在一定情况下不能不论。至于五言第三字,七言第五字,在一般情况下,更是以"论"为原则了。

总之,七言仄脚的句子可以有三个字不论,平脚的句子只能有两个字不论。五言仄脚的句子可以有两个字不论,平脚的句子只能有一个字不论。"一三五不论"的话是不对的。

再说"二四六分明"这句话也是不全面的。五言第二字"分明"是对的,七言第二四两字"分明"是对的,至于五言第四字、七言第六字,就不一定"分明"。依特定格式"平平仄平仄"(五言)来看,第四字并不一定"分明";又依"仄仄平平仄平仄"来看,第六字并不一定"分明"。又如"仄仄平平仄"这个格式也可以换成"仄仄⊕仄仄",只须在对句第三字补偿一个平声就是了。七言由此类推。"二四六分明"的话也不是完全正确的。

(八)古风式的律诗

在律诗尚未定型化的时候,有些律诗还没有完全依照律诗的平仄格式,而且对仗也不完全工整。例如:

黄　鹤　楼

[唐]崔　颢

昔人已**乘**黄**鹤**去,此地空馀黄鹤楼。
黄鹤一**去不**复返,白云千载**空**悠悠。
晴川历历汉阳树,芳草萋萋鹦鹉洲。
日暮乡关何处是? 烟波江上使人愁!

这诗前半首是古风的格调,后半首才是律诗。依照上文所述七律的平仄的平起式来看,第一句第四字应该是仄声而用了平声("乘"chéng),第六字应该是平声而用了仄声("鹤",古读入声),第三句第四字和第五字应该是平声而用了仄声("去不"),第四句第五字应该是仄声而用了平声("空")。当然,这所谓"应该"是从后代的眼光来看的,当时律诗既然还没有定型化,根本不产生应该不应该的问题。

后来也有一些诗人有意识地写一些古风式的律诗。例如:

崔氏东山草堂

[唐]杜　甫

爱汝玉山草**堂**静,高秋爽气**相**鲜新。

有时自发钟**磬**响,落日**更见渔樵**人。

盘剥白鸦**谷**口粟,饭煮青泥**坊**底芹。

何为西庄王给事,柴门空闭锁松筠①。

作者在诗中故意违反律诗的平仄规则。第一句第六字应仄而用平("堂")②,第二句第五字应仄而用平("相"),第三句第六字应平而用仄("磬"),第四句第三四两字应平而用仄("更见"),第五六两字应仄而用平("渔樵")。第五六两句是"失对",因为两句都是仄起的句子。第五句的"谷"和第

---

① "为",去声。

② 这还不能算是上文所述的那种特定格式,因为那种格式第三字必须用平声,这句第三字"玉"字用的是仄声(入声)。

六句的"坊"也不合一般的平仄规则（虽然可认为拗救）。除了字数、韵脚、对仗像律诗以外①，若论平仄，这简直就是一篇古风。又如：

寿星院寒碧轩

　　　　［宋］苏　轼

清风肃肃**摇**窗扉，窗前修竹一**尺**围。

纷纷苍雪落**夏**簟，冉冉**绿雾**沾**人**衣。

日高山**蝉**抱**叶**响，人静**翠羽**穿林飞。

道人绝粒**对**寒碧，为问**鹤骨**何**缘**肥②？

这首诗第一句第五字应仄而用平（"摇"），这种三平调已经给人一种古风的感觉。第二句如果拿"㊥平㊒仄仄平平"来衡量，第六字应平而用仄（"尺"字古属入声）③。第三句如果拿"㊥平㊒仄㊥平仄"来衡量，第六字应平而用仄（"夏"）。第四句如果拿"㊒仄平平㊒仄平"来衡量，第三、第四两字应平而用仄（"绿雾"），第六字应仄而用平（"人"）。第五句如果拿"㊥平㊒仄㊥平仄"来衡量，第四字应仄而用平（"蝉"），第六字应平而用仄（"叶"）。第六句如果拿"㊒仄平平㊒仄平"来衡量，第三四两字应平而用仄（"翠羽"），第六字应仄而用平（"林"）。第八句如果拿"㊒仄平平㊒仄平"来衡量，

---

① "芹"字今入文韵，但杜甫时代还是真韵字，不算出韵。

② "为"，去声。

③ 这是以第二字的平仄为标准来衡量的。当然也可以拿"仄仄平平仄仄平"来衡量，不过那样也有不合平仄的地方。下同。

第三四两字应平而用仄（"鹤骨"），第六字应仄而用平（"缘"）。第七句第五字（"对"）也不合于一般平仄规则。跟"摇窗扉"一样，"沾人衣"、"穿林飞"、"何缘肥"都是三平调，更显得是古风的格调（参看下文第六节第四小节《古体诗的平仄》）。作者又有意识地造成失对和失粘。若依上面的衡量方法，第二句是失对，第五句和第七句都是失粘。

古人把这种诗称为"拗体"。拗体自然不是律诗的正轨，后代模仿这种诗体的人是很少的。

第四节　律诗的对仗

（一）对仗的种类

词的分类是对仗的基础[①]。古代诗人们在应用对仗时所分的词类，和今天语法上所分的词类大同小异，不过当时诗人们并没有给它们起一些语法术语罢了[②]。依照律诗的对仗概括起来，词大约可以分为下列的九类：

　1.名词　2.形容词　3.数词（数目字）　4.颜色词

---

① 这里所谓"词"不是诗词的"词"。词类指名词、动词等。
② 有时候，也有人把字分为动字、静字。所谓静字，当时指的是今天所谓名词；所谓动字就是动词。

5.**方位词** 6.动词 7.副词 8.虚词 9.代词①

同类的词相为对仗。我们应该特别注意四点：(a)数目自成一类，"孤""半"等字也算是数目。(b)颜色自成一类。(c)方位自成一类，主要是"东""西""南""北"等字。这三类词很少跟别的词相对。(d)不及物动词常常跟形容词相对。

连绵字只能跟连绵字相对。连绵字当中又再分为名词连绵字（鸳鸯、鹦鹉等）、形容词连绵字（逶迤、磅礴等）、动词连绵字（踌躇、踊跃等）。不同词性的连绵字一般还是不能相对。

专名只能与专名相对，最好是人名对人名，地名对地名。

名词还可以细分为以下的一些小类：

1.天文 2.时令 3.地理 4.宫室 5.服饰 6.器用
7.植物 8.动物 9.人伦 10.人事 11.形体②

（二）对仗的常规——中两联对仗

为了说明的便利，古人把律诗的第一二两句叫做首联，第三四两句叫做颔联，第五六两句叫做颈联，第七八两句叫做尾联。

对仗一般用在颔联和颈联，即第三四句和第五六句。现在试举几个典型的例子：

---

① 代词"之""其"归入虚词。
② 这十一类还不是完备的。

春日忆李白

[唐]杜 甫

白也诗无敌,飘然思不群。

清新庾开府,俊逸鲍参军。

渭北春天树,江东日暮云。

何时一尊酒,重与细论文①?

("开府"对"参军",是官名对官名;"渭"对"江"〔长江〕,是水名对水名。)

观 猎

[唐]王 维

风劲角弓鸣,将军猎渭城。

草枯鹰眼疾,雪尽马蹄轻。

忽过新丰市,还归细柳营。

回看射雕处,千里暮云平②。

("新丰"对"细柳",是地名对地名。)

客 至

[唐]杜 甫

舍南舍北皆春水,但见群鸥日日来。

---

① "思",去声。"论",平声。"清新"句和"何时"句都是拗句。这里可以看出拗句在对仗上能起作用,否则"庾开府"不能对"鲍参军"。

② "看",平声,读如刊。"回看"句是拗句。

花径不曾缘客扫,蓬门今始为君开①。

盘飧市远无兼味,尊酒家贫只旧醅。

肯与邻翁相对饮,隔篱呼取尽馀杯。

鹦　鹉

[唐]白居易

陇西鹦鹉到江东,养得经年觜渐红。

常恐思归先剪翅,每因喂食暂开笼。

人怜巧语情虽重,鸟忆高飞意不同。

应似朱门歌舞妓,深藏牢闭后房中②。

(三)首联对仗

　　首联的对仗是可用可不用的。首联用了对仗,并不因此减少中两联的对仗。凡是首联用对仗的律诗,实际上常常是用了总共三联的对仗。

　　五律首联用对仗的较多,七律首联用对仗的较少。主要原因是五律首句不入韵的较多,七律首句不入韵的较少。但是,这个原因不是绝对的;在首句入韵的情况下,首联用对仗还是可能的。上文所引的律诗中,已有一些首联对仗的例子③。现在再举两个例子:

---

①　"为",去声。

②　"重",上声。"应",平声。

③　如杜甫《春望》、《秦州杂诗》等。

春夜别友人

[唐]陈子昂

银烛吐青烟,金樽对绮筵。

离堂思琴瑟,别路绕山川。

明月隐高树,长河没晓天。

悠悠洛阳去,此会在何年①?

(首联对仗,首句入韵。)

恨　别

[唐]杜　甫

洛城一别四千里,胡骑长驱五六年。

草木变衰行剑外,兵戈阻绝老江边。

思家步月清宵立,忆弟看云白日眠。

闻道河阳近乘胜,司徒急为破幽燕②。

(首联对仗,首句不入韵。)

(四)尾联对仗

尾联一般是不用对仗的。到了尾联,一首诗要结束了;

---

① "离堂"句连用四个平声,是特殊的拗句,是律诗尚未定型化的现象。
"悠悠"句是普通的拗句,用在第七句。

② "骑",去声。"看",平声。"乘",平声。"为",去声。"闻道"句是普通
的拗句,用在第七句。

对仗是不大适宜于作结束语的。

但是,也有少数的例外。例如:

闻官军收河南河北

〔唐〕杜 甫

剑外忽传收蓟北,初闻涕泪满衣裳。

却看妻子愁何在? 漫卷诗书喜欲狂①!

白日放歌须纵酒,青春作伴好还乡。

即从巴峡穿巫峡,便下襄阳向洛阳。

这诗最后两句是一气呵成的,是一种流水对(关于流水对,详见下文)。还是和一般对仗不大相同的②。

(五) 少于两联的对仗

律诗固然以中两联对仗为原则,但是,在特殊情况下,对仗可以少于两联。这样,就只剩下一联对仗了。

这种单联对仗,比较常见的是用于颈联③。例如:

---

① "看",平声。

② 全篇用对仗(首联、颔联、颈联、尾联都用对仗),也是比较少见的。例如杜甫《垂白》:"垂白冯唐老,清秋宋玉悲。江喧长少睡,楼迥独移时。多难身何补?无家病不辞!甘从千日醉,未许七哀诗。"但是尾联半对半不对的就比较多见,例如杜甫《登高》尾联是:"艰难苦恨繁霜鬓,潦倒新停浊酒杯。"

③ 也可以用于颔联,如李白《宿五松山下荀媪家》(见35页)。甚至可以全首不用对仗,如李白《夜泊牛渚怀古》,因为不是常规,所以不详谈了。

塞　下　曲（其一）

［唐］李　白

五月天山雪，无花只有寒。
笛中闻折柳，春色未曾看。
晓战随金鼓，宵眠抱玉鞍。
愿将腰下剑，直为斩楼兰①。

与诸子登岘山

［唐］孟浩然

人事有代谢，往来成古今。
江山留胜迹，我辈复登临。
水落鱼梁浅，天寒梦泽深。
羊公碑尚在，读罢泪沾襟。

（六）长律的对仗

长律的对仗和律诗同，只有尾联不用对仗，首联可用可
不用，其余各联一律用对仗。例如：

守　睢　阳　诗

［唐］张　巡

接战春来苦，孤城日渐危。

---

① "看"，平声。"为"，去声。

合围伴月晕,分守若鱼丽。

屡厌黄尘起,时将白羽麾。

裹创犹出阵,饮血更登陴。

忠信应难敌,坚贞谅不移。

无人报天子,心计欲何施①!

学诸进士作精卫衔石填海

〔唐〕韩 愈

鸟有偿冤者,终年抱寸诚。

口衔山石细,心望海波平。

渺渺功难见,区区命已轻。

人皆讥造次,我独赏专精。

岂计休无日,惟应尽此生②。

何惭刺客传,不著报仇名!

(七)对仗的讲究

律诗的对仗,有许多讲究,现在拣重要的谈一谈。

(1)**工对** 凡同类的词相对,叫做工对。名词既然分为若干小类,同一小类的词相对,更是工对。有些名词虽不同

---

① "丽"、"创",都是平声。末联出句"平平仄平仄",是特定的平仄格式,
　　用在这里等于律诗的第七句。
② "应",平声。

小类,但是在语言中经常平列,如天地、诗酒、花鸟等,也算工对。反义词也算工对。例如李白《塞下曲》的"晓战随金鼓,宵眠抱玉鞍",就是工对。

句中自对而又两句相对,算是工对。像杜甫诗中的"国破山河在,城春草木深",山与河是地理,草与木是植物,对得已经工整了,于是地理对植物也算工整了。

在一个对联中,只要多数字对得工整,就是工对。例如毛主席《送瘟神》(其二):"红雨随心翻作浪,青山着意化为桥。天连五岭银锄落,地动三河铁臂摇。""红"对"青","着意"对"随心","翻作"对"化为","天连"对"地动","五岭"对"三河","银"对"铁","落"对"摇",都非常工整;而"雨"对"山","浪"对"桥","锄"对"臂",名词对名词,也还是工整的。

超过了这个限度,那不是工整,而是纤巧。一般地说,宋诗的对仗比唐诗纤巧;但是,宋诗的艺术水平反而比较低。

同义词相对,似工而实拙。《文心雕龙》说:"反对为优,正对为劣①。"同义词比一般正对自然更"劣"。像杜甫《客至》:"花径不曾缘客扫,蓬门今始为君开","缘"与"为"就是同义词。因为它们是虚词(介词),不是实词,所以不算缺点。再说,在一首诗中,偶然用一对同义词也不要紧,多用就不妥当了。出句与对句完全同义(或基本上同义),叫做"合掌",更是诗家的大忌。

(2)宽对　形式服从于内容,诗人不应该为了追求工对

---

①　刘勰:《文心雕龙·丽辞》。

而损害了思想内容。同一诗人,在这一首诗中用工对,在另一首诗用宽对,那完全是看具体情况来决定的。

宽对和工对之间有邻对,即邻近的事类相对。例如天文对时令,地理对宫室,颜色对方位,同义词对连绵字,等等。王维《使至塞上》:"征蓬出汉塞,归雁入胡天",以"天"对"塞"是天文对地理;陈子昂《春夜别友人》:"离堂思琴瑟,别路绕山川",以"路"对"堂"是地理对宫室。这类情况是很多的。

稍为更宽一点,就是名词对名词,动词对动词,形容词对形容词等,这是最普通的情况。

又更宽一点,那就是半对半不对了。首联的对仗本来可用可不用,所以首联半对半不对自然是可以的。陈子昂的"**匈奴犹**未灭,**魏绛复**从戎",李白的"**渡远荆门**外,来从**楚国游**"就是这种情况。如果首句入韵,半对半不对的情况就更多一些。颔联的对仗本来就不像颈联那样严格,所以半对半不对也是比较常见的。杜甫的"**遥怜小儿女,未解**忆长安"就是这种情况。现在再举毛主席的诗为证:

赠柳亚子先生

毛泽东

饮茶粤海未能忘,**索句渝州**叶正黄。
三十一年**还旧国**,落花时节**读华章**①。

---

① "三十一年"和"落花时节",在整个意思上还是对仗。特别是"年"和"节",本来是时令对。

牢骚太盛防肠断,风物长宜放眼量。

莫道昆明池水浅,观鱼胜过富春江。

(3)**借对**　一个词有两个意义,诗人在诗中用的是甲义,但是同时借用它的乙义来与另一词相为对仗,这叫借对。例如杜甫《巫峡敝庐奉赠侍御四舅》"行**李**淹吾舅,诛**茅**问老翁","行李"的"李"并不是桃李的"李",但是诗人借用桃李的"李"的意义来与"茅"字作对仗。又如杜甫《曲江》"酒债寻常行处有,人生七十古来稀",古代八尺为寻,两寻为常,所以借来对数目字"七十"。

有时候,不是借意义,而是借声音。借音多见于颜色对,如借"篮"为"蓝",借"皇"为"黄",借"沧"为"苍",借"珠"为"朱",借"清"为"青"等。杜甫《恨别》:"思家步月**清**宵立,忆弟看云**白**日眠",以"清"对"白",又《赴青城县出成都寄陶王二少尹》:"东郭**沧**江合,西山**白**雪高",以"沧"对"白",就是这种情况。

(4)**流水对**　对仗,一般是平行的两句话,它们各有独立性。但是,也有一种对仗是一句话分成两句说,其实十个字或十四个字只是一个整体,出句独立起来没有意义,至少是意义不全。这叫流水对。现在从上文所引过的诗篇中摘出下面的一些例子:

即从巴峡穿巫峡,便下襄阳向洛阳。(杜甫)

人怜巧语情虽重,鸟忆高飞意不同。(白居易)

塞上长城空自许,镜中衰鬓已先斑。(陆游)

总之,律诗的对仗不像平仄那样严格,诗人在运用对仗时有更大的自由。艺术修养高的诗人常常能够成功地运用工整的对仗,来做到更好地表现思想内容,而不是损害思想内容。遇必要时,也能够摆脱对仗的束缚来充分表现自己的意境。无原则地追求对仗的纤巧,那就是庸俗的作风了。

第五节　绝句

上文说过,绝句应该分为律绝和古绝。律绝是律诗兴起以后才有的,古绝远在律诗出现以前就有了。这里我们就把两种绝句分开来讨论。

(一)律　绝

律绝跟律诗一样,押韵限用平声韵脚,并且依照律句的平仄,讲究粘对。

(甲)五言绝句

(1)仄起式

　　⊗仄平平仄,平平仄仄平。

　　㊞平平仄仄,⊗仄仄平平。

登 鹳 雀 楼

［唐］王之涣

白日依山尽，黄河入海流。

欲穷千里目，更上一层楼。

另一式，第一句改为⊕仄仄平平，其余不变。

(2)平起式

⊕平平仄仄，⊕仄仄平平。

⊕仄平平仄，平平仄仄平。

听 筝

［唐］李 端

鸣筝金粟柱，素手玉房前。

欲得周郎顾，时时误拂弦。

另一式，第一句改为平平仄仄平，其余不变。

（乙）七言绝句

(1)仄起式

⊕仄平平仄仄平，⊕平⊕仄仄平平。

⊕平⊕仄平平仄，⊕仄平平仄仄平。

为女民兵题照

毛泽东

飒爽英姿五尺枪，曙光初照演兵场。

中华儿女多奇志，不爱红装爱武装。

另一式，第一句改为Ⓐ仄Ⓟ平平仄仄，其余不变。

(2)平起式

　　Ⓟ平Ⓐ仄仄平平，Ⓐ仄平平仄仄平。

　　Ⓐ仄Ⓟ平平仄仄，Ⓟ平Ⓐ仄仄平平。

早发白帝城

[唐]李 白

朝辞白帝彩云间，千里江陵一日还。

两岸猿声啼不住，轻舟已过万重山。

另一式，第一句改为Ⓟ平Ⓐ仄平平仄，其余不变。

跟律诗一样，五言绝句首句以不入韵为常见，七言绝句首句以入韵为常见；五言绝句以仄起为常见，七言绝句以平起为常见①。

跟律诗一样，律绝必须依照韵书的韵部押韵。晚唐以后，首句用邻韵是容许的。

跟律诗一样，律绝可以用特定的格式②。例如：

---

① 依平仄类型来看，七言平起式等于五言仄起式，七言仄起式等于五言平起式。五言平起式相当少见，七言仄起式则比较平起式稍为少些罢了。

② 五言除平平仄平仄以外，还有一种比较罕见的拗句是Ⓐ仄Ⓟ平仄仄；七言除Ⓐ仄平平仄平仄以外，还有一种比较罕见的拗句是平平Ⓐ仄Ⓟ仄仄。这一点也与律诗相同。李商隐《登乐游原》："向晚意不适，驱车登古原"，就是这种情况。

宿 建 德 江

[唐]孟浩然

移舟泊烟渚,日暮客愁新①。
野旷天低树,江清月近人。

饮湖上初晴后雨

[宋]苏　轼

水光潋滟晴方好,山色空濛雨亦奇。
欲把西湖比西子,淡装浓抹总相宜②。

　　跟律诗一样,律绝要避免孤平。五言"平平仄仄平"第一字用了仄声,则第三字必须是平声;七言"仄仄平平仄仄平"第三个用了仄声,则第五字必须是平声。例如:

夜 宿 山 寺

[唐]李　白

危楼高百尺,手可摘星辰。
不敢高声语,恐惊天上人③。

回 乡 偶 书

[唐]贺知章

少小离家老大回,乡音无改鬓毛摧。

---

① "泊",入声。"烟",平声。
② "比",上声。"西",平声。
③ "恐",上声。"天",平声。

儿童相见**不**相识,笑问**客**从**何**处来①。

("不""客"二字拗,"何"字救,参看上文 35 页。)

　绝句,原则上可以不用对仗。上面所引八首绝句当中,就有五首是不用对仗的。现在再举两个例子:

泊　秦　淮

〔唐〕杜　牧

烟笼寒水月笼沙,夜泊秦淮近酒家。
商女不知亡国恨,隔江犹唱后庭花。

塞　下　曲(其三)

〔唐〕卢　纶

月黑雁飞高,单于夜遁逃。
欲将轻骑逐,大雪满弓刀。

如果用对仗,往往用在首联。上面所引的绝句已有一首(苏轼《饮湖上初晴后雨》)是在首联用对仗的,现在再举两首为例:

八　阵　图

〔唐〕杜　甫

功盖三分国,名成八阵图。
江流石不转,遗恨失吞吴。

――――――――――

① "不"、"客",入声。"何",平声。

郿　坞

［宋］苏　轼

衣中甲厚行何惧？坞里金多退足凭。

毕竟英雄谁得似？脐脂自照不须灯！

但是，尾联用对仗，也不是少见的。像上文所引孟浩然的《宿建德江》，就是尾联用对仗的。

首尾两联都用对仗，也就是全篇用对仗，也不是少见的。上面所引王之涣《登鹳雀楼》是全篇用对仗的。下面再引两个例子，一个是首联半对半不对，一个是全篇完全用对仗：

塞　下　曲

［唐］李　益

伏波唯愿裹尸还，定远何须生入关？
莫遣只轮归海窟，仍留一箭射天山。

绝句四首（其三）

［唐］杜　甫

两个黄鹂鸣翠柳，一行白鹭上青天。
窗含西岭千秋雪，门泊东吴万里船。

有人说，"绝句"就是截取律诗的四句，这话如果用来解释"绝句"的名称的来源,那是不对的,但是以平仄对仗而论,绝句确是截取律诗的四句:或截取前后二联,不用对仗,或截取中二联,全用对仗;或截取前二联,首联不用对仗;或截取后二联,尾联不用对仗。

(二)古 绝

古绝既然是和律绝对立的,它就是不受律诗格律束缚的。它是古体诗的一种。凡合于下面的两种情况之一的,应该认为古绝:

(1)用仄韵;

(2)不用律句的平仄,有时还不粘、不对。当然,有些古绝是两种情况都具备的。

上文说过,律诗一般是用平声韵的,因此,律绝也是用平声韵的。如果用了仄声韵,那就可以认为古绝。例如:

悯 农(二首)

[唐]李 绅

春种一粒粟,秋成万颗子。

四海无闲田,农夫犹饿死。

锄禾日当午,汗滴禾下土。

谁知盘中餐,粒粒皆辛苦!

江 上 渔 者

[宋]范仲淹

江上往来人，但爱鲈鱼美。

君看一叶舟，出没风波里①！

　　从上面所引的三首绝句中，已经可以看出，古绝是可以不依律句的平仄的。李绅《悯农》的"春种"句一连用了三个仄声，"谁知"句一连用了五个平声。范仲淹的《江上渔者》用了四个律句，但是首联平仄不对，尾联出句不粘，也还是不合律诗的规则的。

　　即使用了平声韵，如果不用律句，也只能算是古绝。例如：

夜　　思

[唐]李　白

床前明月光，疑是地上霜。

举头望明月，低头思故乡。

"疑是"句用"平仄仄仄平"，不合律句。"举头"句不粘，"低头"句不对，所以是古绝。

　　五言古绝比较常见，七言古绝比较少见。现在试举杜甫的两首七言古绝为例：

————————

①　"看"，平声。

三 绝 句(选二)

[唐]杜 甫

二十一家同入蜀,惟残一人出骆谷。
自说二女啮臂时,回头却向秦云哭。

殿前兵马虽骁雄,纵暴略与羌浑同。
闻道杀人汉水上,妇女多在官军中。

第一首"惟残"句用"平平仄平仄仄仄","自说"句用"仄仄仄仄仄仄平"不合律句。尾联与首联不粘,而且用了仄声韵。第二首"纵暴"句用"仄仄仄仄平平平","妇女"句用"仄仄平仄平平平",都不合律句。"殿前"句也不尽合。

当然,古绝和律绝的界限并不是十分清楚的,因为在律诗兴起了以后,即使写古绝,也不能完全不受律句的影响。这里把它们分为两类,只是要说明绝句既不可以完全归入古体诗,也不可以完全归入近体诗罢了。

第六节 古体诗

古体诗除了押韵之外不受任何格律的束缚,这是一种半自由体的诗。现在把古体诗的韵、平仄、对仗等,并在一节里叙述。

（一）古体诗的韵

古体诗既可以押平声韵，又可以押仄声韵。在仄声韵当中，还要区别上声韵、去声韵、入声韵；一般地说，不同声调是不可以押韵的。我们在本章第二节讲律诗的韵的时候，已经把平声30韵交代过了；现在再把上声29韵、去声30韵、入声17韵开列在下面：

上声29韵：

一董	二肿	三讲
四纸	五尾	六语
七麌	八荠	九蟹
十贿	十一轸	十二吻
十三阮	十四旱	十五潸
十六铣	十七筱	十八巧
十九皓	二十哿	二十一马
二十二养	二十三梗	二十四迥
二十五有	二十六寝	二十七感
二十八俭	二十九豏①	

去声30韵：

一送	二宋	三绛

---

① 麌，读 yǔ；荠，读 jì；潸，读 shǎn；铣，读 xiǎn；筱，读 xiǎo；哿，读 gě；豏，读 xiàn。

四寘	五未	六御
七遇	八霁	九泰
十卦	十一队	十二震
十三问	十四愿	十五翰
十六谏	十七霰	十八啸
十九效	二十号	二十一箇
二十二祃	二十三漾	二十四敬
二十五径	二十六宥	二十七沁
二十八勘	二十九艳	三十陷①

入声 17 韵：

一屋	二沃	三觉
四质	五物	六月
七曷	八黠	九屑
十药	十一陌	十二锡
十三职	十四缉	十五合
十六叶	十七洽	

古体诗用韵，比律诗稍宽；一韵独用固然可以，两个以上的韵通用也行。但是，所谓通用也不是随便乱来的；必须是邻韵才能通用。依一般情况看来，平上去三声各可分为十五类，如下表：

第一类：平声东冬；上声董肿；去声送宋。

第二类：平声江阳；上声讲养；去声绛漾。

---

① 寘，读 zhì；霰，读 xiàn；祃，读 mà；沁，读 qìn。

第三类：平声支微齐，上声纸尾荠，去声寘未霁。

第四类：平声鱼虞，上声语麌；去声御遇。

第五类：平声佳灰，上声蟹贿，去声泰卦队。

第六类：平声真文及元半，上声轸吻及阮半，去声
　　震问及愿半①。

第七类②：平声寒删先及元半，上声旱潸铣及阮
　　半，去声翰谏霰及愿半。

第八类：平声萧肴豪，上声筱巧皓，去声啸效号。

第九类：平声歌，上声哿，去声箇。

第十类：平声麻，上声马，去声祃。

第十一类：平声庚青，上声梗迥，去声敬径。

第十二类：平声蒸③。

第十三类：平声尤，上声有，去声宥。

第十四类：平声侵，上声寝，去声沁。

第十五类：平声覃盐咸，上声感俭赚，去声勘艳陷。

入声可分为八类：

第一类：屋沃。

第二类：觉药。

第三类：质物及月半。

---

① 这里所说的元半、阮半、愿半及下面所说的月半，具体的字可参看附
　录《诗韵举要》。
② 第六类和第七类也可以通用。
③ 蒸韵上去声字少，归入迥径两韵。

第四类①:曷黠屑及月半。

第五类:陌锡。

第六类:职。

第七类:缉。

第八类:合葉洽。

注意:在归并为若干大类以后,仍旧有七个韵是独用的。这七个韵是:

歌　麻　蒸　尤　侵　职　缉②

现在试举一些例子为证:

古风五十九首(录二)

[唐]李　白

其　十　四

胡关饶风沙,萧索竟终古。木落秋草黄,登高望戎
虏。荒城空大漠,边邑无遗堵。白骨横千霜,嵯峨蔽榛
莽③。借问谁侵陵? 天骄毒威武。赫怒我圣皇,劳师事
鼙鼓。阳和变杀气,发卒骚中土。三十六万人,哀哀泪如
雨。且悲就行役,安得营农圃? 不见征戍儿,岂知关山
苦? 李牧今不在,边人饲豺虎。

---

① 第三类和第四类也可以通用。
② 不举上去声韵,因为在这七个韵当中,除尤韵的上声有韵外,其余上
　去声韵是罕用的。
③ "莽",读 mǔ。

（全篇虞韵独用。）

其　十　九

西上莲花山，迢迢见明星。素手把芙蓉，虚步蹑太
清_△。霓裳曳广带，飘拂升天行_△。邀我登云台，高揖卫叔
卿_△。恍恍与之去，驾鹤凌紫冥_△。俯视洛阳川，茫茫走胡
兵_△。流血涂野草，豺狼尽冠缨_△。

（"清"、"行"、"卿"、"兵"、"缨"，庚韵；"星"、"冥"，
青韵。）

伤　宅

［唐］白居易

谁家起甲第，朱门大道边_△？丰屋中栉比，高墙外回
环_△。累累六七堂，栋宇相连延_△。一堂费百万，郁郁有青
烟_△。洞房温且清，寒暑不能干_△。高堂虚且迥，坐卧见南
山_△。绕廊紫藤架，夹砌红药栏_△。攀枝摘樱桃，带花移牡
丹_△。主人此中坐，十载为大官_△。厨有腐败肉，库有朽贯
钱_△。谁能将我语，问尔骨肉间：岂无穷贱者？忍不救饥
寒_△？如何奉一身，直欲保千年_△？不见马家宅，今作奉诚
园_△？

（"边"、"延"、"烟"、"钱"、"年"，先韵；"园"，元韵；
"干"、"栏"、"丹"、"官"、"寒"，寒韵；"环"、"山"、
"间"，删韵。）

醉　歌

[宋]陆　游

读书三万卷,仕宦皆束阁;学剑四十年,虏血未染锷。
不得为长虹,万丈扫寥廓;又不为疾风,六月送飞雹。战
马死槽枥,公卿守和约。穷边指淮淝,异域视京雒。于乎
此何心? 有酒吾忍酌? 平生为衣食,敛版靴两脚。心虽
了是非,口不给唯诺。如今老且病,鬓秃牙齿落。仰天少
吐气,饿死实差乐! 壮心埋不朽,千载犹可作!

("雹",觉韵;其余的韵脚都是药韵。)

从上面这些例子可以看出,古体诗虽然可以通韵,但是
诗人们不一定每次都用通韵。例如李白古风第十四首就以
虞韵独用,不杂语韵字。特别要注意的是:上声和去声有时
可以通韵,但是平仄不能通韵,入声字更不能与其他各声通
韵。试看陆游《醉歌》除了一个"雹"字,一律都用药韵字。
就拿"雹"字来说,它也是入声,并且是觉韵字。觉药是邻
韵,本来可以跟药韵相通的。

古体诗的用韵,是因时代而不同的。实际语音起了变
化,押韵也就不那么严格。中晚唐用韵已经稍宽,到了宋代
以后,古风的用韵就更宽了。

（二）柏梁体

有一种七言古诗是每句押韵的，称为柏梁体。据说汉武帝建筑柏梁台，与群臣联句赋诗，句句用韵，所以这种诗称为柏梁体。其实鲍照以前的七言诗（如曹丕的《燕歌行》）都是句句用韵的，古代并非另有一种隔句用韵的七言诗。等到南北朝以后，七言诗变为隔句用韵了，句句用韵的七言诗才变了特殊的诗体。

下面是柏梁体的一个例子：

饮中八仙歌

〔唐〕杜　甫

　　知章骑马似乘船，眼花落井水底眠。汝阳三斗始朝天，道逢麹车口流涎，恨不移封向酒泉。左相日兴费万钱，饮如长鲸吸百川，衔杯乐圣称避贤。宗之潇洒美少年，举觞白眼望青天，皎如玉树临风前。苏晋长斋绣佛前，醉中往往爱逃禅。李白一斗诗百篇，长安市上酒家眠，天子呼来不上船，自称臣是酒中仙。张旭三杯草圣传，脱帽露顶王公前，挥毫落纸如云烟。焦遂五斗方卓然，高谈雄辩惊四筵。

也有一些七言古诗，基本上是柏梁体，但是稍有变通。例如：

丽 人 行

〔唐〕杜 甫

三月三日天气新，长安水边多丽人。态浓意远淑且
真，肌理细腻骨肉匀。绣罗衣裳照暮春，蹙金孔雀银麒
麟。头上何所有？翠微䕷叶垂鬓唇。背后何所见？珠压
腰衱稳称身。就中云幕椒房亲，赐名大国虢与秦。紫驼
之峰出翠釜，水精之盘行素鳞。犀箸厌饫久未下，鸾刀缕
切空纷纶。黄门飞鞚不动尘，御厨络绎送八珍。箫鼓哀
吟感鬼神，宾从杂遝实要津。后来鞍马何逡巡，当轩下马
入锦茵。杨花雪落覆白蘋，青鸟飞去衔红巾。炙手可热
势绝伦，慎莫近前丞相嗔。

（三）换 韵

律诗是一韵到底的。古体诗固然可以一韵到底[①]，但
也可以换韵，而且可以换几次韵。换韵的方式是多种多样
的：可以每两句一换韵，四句一换韵，六句一换韵，也可以多
到十几句才换韵；可以连用两个平声韵，连用两个仄声韵，
也可以平仄韵交替。现在举几个例子：

---

① 柏梁体必须一韵到底。

石 壕 吏

[唐]杜 甫

暮投石壕村，有吏夜捉人。老翁逾墙走，老妇出门
看①。吏呼一何怒！妇啼一何苦！听妇前致词，三男邺
城戍。一男附书至，二男新战死。存者且偷生，死者长已
矣！室中更无人，惟有乳下孙。有孙母未去，出入无完
裙。老妪力虽衰，请从吏夜归。急应河阳役，犹得备晨
炊。夜久语声绝，如闻泣幽咽。天明登前途，独与老翁
别。

（"村"，元韵；"人"，真韵；"看"，寒韵。真元寒通
韵。"怒"、"戍"，遇韵；"苦"，麌韵。麌遇上去通
韵。"至"，寘韵；"死"、"矣"，纸韵。纸寘上去通
韵。"人"，真韵；"孙"，元韵；"裙"，文韵。真文元
通韵。"衰"、"炊"，支韵；"归"，微韵。支微通韵。
"绝"、"咽"、"别"，屑韵。）

白 雪 歌

[唐]岑 参

北风卷地白草折，胡天八月即飞雪。忽如一夜春风
来，千树万树梨花开。散入珠帘湿罗幕，狐裘不暖锦衾

---

① 一本作"出看门"。

薄。将军角弓不得控，都护铁衣冷难着。瀚海阑干百丈
　△3　　　　　　　　　　　　　　　　　　　　　　△3
冰，愁云惨淡万里凝。中军置酒饮归客，胡琴琵琶与羌
　△4　　　　　　　　△4　　　　　　　　　　△5
笛。纷纷暮雪下辕门，风掣红旗冻不翻。轮台东门送君
　△5　　　　　　　　△6　　　　　　　　　　△6
去，去时雪满天山路。山回路转不见君，雪上空留马行
　　　　　　　　△7　　　　　　　　　　　　　　　
处。
△7

　　（"折"、"雪"，屑韵。"来"、"开"，灰韵。"幕"、
　　"薄"、"着"，药韵。"冰"、"凝"，蒸韵。"客"，陌
　　韵；"笛"，锡韵。陌锡通韵。"门"、"翻"，元韵。
　　"去"、"处"，御韵；"路"，遇韵。御遇通韵。）

　　注意：换韵的第一句，一般总是押韵的。近体诗首句往
往押韵，古体诗在这一点可能是受了近体诗的影响。

（四）古体诗的平仄

　　古体诗的平仄并没有任何规定。既然唐代以前的诗在
平仄上没有明确的规则，那么，唐宋以后所谓古风在平仄上
也应该完全是自由的。但是，有些诗人在写古体诗的时候，
着意避免律句，于是无形中造成一种风气，要让古体诗尽可
能和律诗的形式区别开来，区别得越明显越好，以为这样才
显得风格高古。具体的做法是尽可能多用拗句，不但用律
诗所容许的那一两种拗句，而且用一切可能的拗句。我们
可以从两方面看拗句：

　　(1)从三字尾看，常见的拗句有下列的四种三字尾：

(a)平平平。这种句式叫做**三平调**,是古体诗中最明显的特点。

(b)平仄平。

(c)仄仄仄。

(d)仄平仄。

(2)从全句的平仄看,拗句的平仄不是交替的,而是相因的。或者是第二、第四字都仄,或者是第二、第四字都平。如果是七字句,还有第四、第六字都仄或都平。

试拿岑参《白雪歌》开始的八句来看,合乎第一种情况的有三句,即"胡天八月**即飞雪**","忽如一夜**春风来**","狐裘不暖**锦衾薄**",合乎第二种情况(同时也合乎第一种情况)的有五句,即"北风卷**地白草折**","千树万树梨花开","散入珠帘湿罗幕","将军角弓不得控","都护铁衣冷难着"。

现在再举一个例子:

岁 晏 行

〔唐〕杜 甫

岁云暮矣**多北风**,潇湘洞庭白雪中。渔父天寒**网罟冻**,莫徭射雁**鸣桑弓**。去年米贵**阙军食**,今年米贱大伤农。高马达官**厌酒肉**,此辈杼轴**茅茨空**。楚**人**重鱼**不重鸟**,汝休枉杀**南飞鸿**。况闻处处**鬻男女**,割慈忍爱**还租庸**。往日用钱**捉私铸**,今许铅锡**和青铜**。刻**泥**为之**最易得**,好恶不合**长相蒙**。万国城头吹画角,此**曲**哀怨**何时终**?

在这一首诗中,只有两个律句("今年米贱大伤农"、"万国城头吹画角"),其余都是拗句,而且在九个平脚的句子当中就有七句是三平调。可见不是偶然的。

当然,不拘粘对也是古体诗的特点之一,这里不详细讨论了。

(五)古体诗的对仗

古体诗的对仗是极端自由的。一般不讲究对仗;如果有些地方用了对仗,也只是修辞上的需要,而不是格律上的要求。像杜甫《岁晏行》这样一首相当长的诗,全篇没有用一处对仗;岑参《白雪歌》只用了一个对仗,即"将军角弓不得控,都护铁衣冷难着",也还只是一种宽对。并且要注意:古体诗的对仗和近体诗的对仗有下列的两点不同:

(1)在近体诗中,同字不相对;古体诗则同字可以相对。如杜甫《石壕吏》:"**老**翁逾墙走,**老**妇出门看。"

(2)在近体诗中,对仗要求平仄相对;古体诗则不要求平仄相对。如白居易《伤宅》:"攀**枝**摘樱**桃**,带**花**移牡**丹**。"又如岑参《白雪歌》:"将军角**弓不得控**,都护铁**衣冷难着**①。"

古代诗人们在近体诗中对仗求其工,在古体诗中对仗求其拙。在他们看来,拙和高古是有关系的。其实并不必

---

①　黑体字是平声字或仄声字自相为对。

着意求拙,只须纯任自然,不受任何束缚就好了。

(六)长短句(杂言诗)

我们在第一节里讲过,古体诗有杂言的一体。杂言,也就是长短句,从三言到十一言,可以随意变化。不过,篇中多数句子还是七言,所以杂言算是七言古诗。

杂言诗由于句子的长短不受拘束,首先就给人一种奔放排奡的感觉。最擅长杂言诗的诗人是李白,他在诗中兼用散文的语法,更加令人感觉到,这是跟一般五七言古诗完全不同的一种诗体。现在试举他的一首杂言诗为例:

蜀　道　难
[唐]李　白

噫吁嚱,危乎高哉! 蜀道之难难于上青天! 蚕丛及鱼凫,开国何茫然! 尔来四万八千岁,不与秦塞通人烟。西当太白有鸟道,可以横绝峨眉巅。地崩山摧壮士死,然后天梯石栈相钩连。上有六龙回日之高标,下有冲波逆折之回川。黄鹤之飞尚不得过,猿猱欲度愁攀援①。青泥何盘盘! 百步九折萦岩峦。扪参历井仰胁息,以手抚膺坐长叹②。问君西游何时还? 畏途巉岩不可攀。但见

---

① "援",一作"缘"。
② 叹,平声,读如滩。

悲鸟号古木,雄飞雌从绕林间。又闻子规啼夜月,愁空山。蜀道之难难于上青天,使人听此凋朱颜。连峰去天不盈尺,枯松倒挂倚绝壁。飞湍瀑流争喧豗,砯崖转石万壑雷。其险也若此,嗟尔远道之人胡为乎来哉?剑阁峥嵘而崔嵬,一夫当关,万夫莫开。所守或匪亲,化为狼与豺。朝避猛虎,夕避长蛇;磨牙吮血,杀人如麻。锦城虽云乐,不如早还家。蜀道之难难于上青天,侧身西望长咨嗟。

(七)入律的古风

讲到这里,古体诗和近体诗的分别非常明显了。但是,并不是所有的古体诗都和近体诗迥然不同的。上文说过,律诗产生以后,诗人们即使写古体诗,也不可能完全不受律诗的影响。有些诗人在写古体诗时还注意粘对(只管第二字,不管第四字),另有一些诗人,不但不避律句,而且还喜欢用律句。这种情况,在七言古风中更为突出。我们试看初唐王勃所写的著名的《滕王阁》诗:

滕 王 阁
[唐]王 勃

滕王高阁临江渚,佩玉鸣鸾罢歌舞。画栋朝飞南浦云,珠帘暮卷西山雨。闲云潭影日悠悠,物换星移几度秋。阁中帝子今何在?槛外长江空自流!

这首诗平仄合律,粘对基本上合律①,简直是两首律绝连在一起,不过其中一首是仄韵绝句罢了。注意:这种仄韵与平韵的交替,四句一换韵,到后来成为入律古风的典型。高适、王维等人的七言古风,基本上是依照这个格式的。现在试举高适的一个例子:

燕　歌　行

［唐］高　适

　　汉家烟尘在东北,汉将辞家破残贼。男儿本自重横行,天子非常赐颜色。拟金伐鼓下榆关,旌旆逶迤碣石间。校尉羽书飞瀚海,单于猎火照狼山。山川萧条极边土,胡骑凭陵杂风雨②。战士军前半死生,美人帐下犹歌舞。大漠穷秋塞草衰,孤城落日斗兵稀。身当恩遇常轻敌,力尽关山未解围。铁衣远戍辛勤久,玉箸应啼别离后③。少妇城南欲断肠,征人蓟北空回首。边风飘飘那可度,绝域苍茫更何有? 杀气三时作阵云,寒声一夜传刁斗。相看白刃血纷纷,死节从来岂顾勋? 君不见沙场争战苦,至今犹忆李将军④!

---

① "阁中"句不粘,是由于初唐律诗尚未定型化。上文讨论王维的诗时已经讲到。
② "骑",去声。
③ "后",上声。
④ "君不见",这是七言古诗中常见的句首语。这句话应看作三字加五字。

这一首古风有很多的律诗特点,主要表现在:

(1)篇中各句基本上都是律句,或准律句(即仄仄平平仄平仄)。

(2)基本上依照粘对的规则,特别是出句和对句的平仄完全是对立的。

(3)基本上四句一换韵,每段都像一首平韵绝句或仄韵绝句;其中有一韵是八句的,像仄韵律诗。

(4)仄声韵与平声韵完全是交替的。

(5)韵部完全依照韵书,不用通韵。

(6)大量地运用对仗,而且多数是工对。

就古风入律不入律这一点看,高适、王维是一派(入律),后来白居易、陆游等人是属于这一派的;李白、杜甫是另一派(不入律),后来韩愈、苏轼是属于这另一派的。白居易、元稹等人所提倡的"元和体",实际上是把入律的古风加以灵活的运用罢了。

由上所述,我们可以看见,在古体诗的名义下,有各种不同的体裁,其中有些体裁相互间显示着很大的差别。杂言古体诗与入律的古风可以说是两个极端。五言古诗与七言古诗也不相同:五古不入律的较多,七古入律的较多。当然也有例外,像柏梁体就不可能是入律的古风。从各种不同的角度去看各种"古风",才不至于怀疑它们的格律是不可捉摸的。

第三章 词 律

第一节 词的种类

　　词最初称为"曲词"或"曲子词"，是配音乐的。从配音乐这一点上说，它和乐府诗是同一类的文学体裁，也同样是来自民间文学。后来词也跟乐府一样，逐渐跟音乐分离了，成为诗的别体，所以有人把词称为"诗馀"。文人的词深受律诗的影响，所以词中的律句特别多。

　　词是长短句，但是全篇的字数是有一定的。每句的平仄也是有一定的。

　　词大致可分三类：(1)小令；(2)中调；(3)长调。有人认为：五十八字以内为小令，五十九字至九十字为中调，九十一字以外为长调①。这种分法虽然未免太绝对化了，但是，大概的情况还是这样的。

　　敦煌曲子词中，已经有了一些中调和长调。宋初柳永写了一些长调。苏轼、秦观、黄庭坚等人继起，长调就盛行起来

---

　　① 这是根据《类编草堂诗馀》所分小令、中调、长调而得出来的结论。

了。长调的特点,除了字数较多以外,就是一般用韵较疏。

(一)词 牌

词牌,就是词的格式的名称。词的格式和律诗的格式不同:律诗只有四种格式,而词则总共有一千多个格式①(这些格式称为词谱,详见下节)。人们不好把它们称为第一式、第二式等等,所以给它们起了一些名字。这些名字就是词牌。有时候,几个格式合用一个词牌,因为它们是同一个格式的若干变体;有时候,同一个格式而有几种名称,那只因为各家叫名不同罢了。

关于词牌的来源,大约有下面的三种情况:

(1)本来是乐曲的名称。例如《菩萨蛮》,据说是由于唐代大中初年②,女蛮国进贡,她们梳着高髻,戴着金冠,满身璎珞(璎珞是身上佩挂的珠宝),像菩萨。当时教坊因此谱成《菩萨蛮曲》。据说唐宣宗爱唱《菩萨蛮》词,可见是当时风行一时的曲子。《西江月》、《风入松》、《蝶恋花》等,都是属于这一类的。这些都是来自民间的曲调。

(2)摘取一首词中的几个字作为词牌。例如《忆秦娥》,因为依照这个格式写出的最初一首词开头两句是"箫声咽,

---

① 万树《词律》共收一千一百八十多个"体"。徐本立《词律拾遗》增加四百九十五个"体"。清代的《钦定词谱》共有二千三百零六个"体"。

② 大中,是唐宣宗年号(公元 847—859 年)。

秦娥梦断秦楼月",所以词牌就叫《忆秦娥》[①],又叫《秦楼月》。《忆江南》本名《望江南》,又名《谢秋娘》,但因白居易有一首咏"江南好"的词,最后一句是"能不忆江南",所以词牌又叫《忆江南》。《如梦令》原名《忆仙姿》,改名《如梦令》,这是因为后唐庄宗所写的《忆仙姿》中有"如梦,如梦,残月落花烟重"等句。《念奴娇》又叫《大江东去》,这是由于苏轼有一首《念奴娇》,第一句是"大江东去";又叫《酹江月》,因为苏轼这首词最后三个字是"酹江月"。

(3)本来就是词的题目。《踏歌词》咏的是舞蹈,《舞马词》咏的是舞马,《欸乃曲》咏的是泛舟,《渔歌子》咏的是打鱼,《浪淘沙》咏的是浪淘沙,《抛球乐》咏的是抛绣球,《更漏子》咏的是夜。这种情况是最普遍的。凡是词牌下面注明"本意"的,就是说,词牌同时也是词题,不另有题目了。

但是,绝大多数的词都不是用"本意"的,因此,词牌之外还有词题。一般是在词牌下面用较小的字注出词题。在这种情况下,词题和词牌不发生任何关系。一首《浪淘沙》可以完全不讲到浪,也不讲到沙;一首《忆江南》也可以完全不讲到江南。这样,词牌只不过是词谱的代号罢了。

(二)单调、双调、三叠、四叠

词有单调、双调、三叠、四叠的分别。

---

① 这是依照一般的说法。

单调的词往往就是一首小令。它很像一首诗，只不过是长短句罢了。例如：

渔 歌 子①
［唐］张志和

西塞山前白鹭飞，
桃花流水鳜鱼肥。
青箬笠，绿蓑衣，
斜风细雨不须归。

如 梦 令
［宋］李清照

昨夜雨疏风骤，
浓睡不消残酒。
试问卷帘人，
却道海棠依旧。
知否？知否？
应是绿肥红瘦！

双调的词有的是小令，有的是中调或长调。双调就是把一首词分为前后两阕②。两阕的字数相等或基本上相

---

① 原名《渔父》。
② 曲终叫做阕（què）。一阕，表示曲子到此已告终了。下面再来一阕，那是表示依照原曲再唱一首歌。当然前后阕的意思还是连贯的。

等,平仄也同。这样,字数相等的就像一首曲谱配着两首歌词。不相等的,一般是开头的两三句字数不同或平仄不同,叫做"换头"①。双调是词中最常见的形式。例如②:

踏莎行（郴州旅舍）

〔宋〕秦　观

雾失楼台,

月迷津渡,

桃源望断无寻处。

可堪孤馆闭春寒;

杜鹃声里斜阳暮。

驿寄梅花,

鱼传尺素,

砌成此恨无重数!

郴江幸自绕郴山,

为谁流下潇湘去?

鹧 鸪 天

〔宋〕辛弃疾

壮岁旌旗拥万夫,

---

① 字数不同如《菩萨蛮》,平仄不同如《浣溪沙》,详下节。

② 旧法,前后阕中间空一格。现在分行写,中间空一行。

锦襜突骑渡江初。

燕兵夜娖银胡鞬,

汉箭朝飞金仆姑。

追往事,

叹今吾。

春风不染白髭须。

却将万字平戎策,

换得东家种树书。

贺新郎(送胡邦衡待制赴新州)

[宋]张元幹

梦绕神州路。

怅秋风连营画角,

故宫离黍。

底事昆仑倾砥柱,

九地黄流乱注?

聚万落千村狐兔。

天意从来高难问,

况人情易老悲难诉。

更南浦,

送君去。

凉生岸柳催残暑。

耿斜河疏星淡月,

断云微度。

万里江山知何处?

回首对床夜语。

雁不到,

书成谁与①?

目尽青天怀今古,

肯儿曹恩怨相尔汝。

举大白,

听金缕。

像《踏莎行》、《渔家傲》,前后两阕字数完全相等。其他各词,前后阕字数基本上相同。

三叠就是三阕,四叠就是四阕。三叠、四叠的词很少见,这里就不举例了。

第二节　词谱

每一词牌的格式,叫做词谱。依照词谱所规定的字数、平仄以及其他格式来写词,叫做"填词"。"填",就是依谱填写的意思。

———————————

① "雁不到书成谁与?"依词律应作一句读。

古人所谓词谱，乃是摆出一件样品，让大家照样去填。下面是万树《词律》所列《菩萨蛮》的词谱原来的样子①：

菩萨蛮 四十四字　　又名子夜歌
巫山一片云　　重叠金

〔唐〕李　白

平_{可仄}林漠_{可平}漠烟如织^韵寒_{可仄}山一_{可平}带伤心碧^叶暝_{可平}色入高楼_换有_{可平}人楼_{可仄}上愁^{叶平}　玉_{可平}阶空伫立^{三换}_仄宿_{可平}鸟归飞急^叶_{三仄}何_{可仄}处是归程^{四换}_平长_{可仄}亭连_仄短亭^四_平

《词律》在词牌下面注明规定的字数，词牌的别名；在词中注明平仄和叶韵。凡平仄均可的地方，注明"可平"、"可仄"（于平声字下面注明"可仄"，于仄声字下面注明"可平"）；凡平仄不可通融的地方就不加注，例如"林"字下面没有注，这就表明必须依照林字的平仄，林字平声，就应照填一个平声字。"织"字下面注个韵字，表示这里该用韵；"碧"字下面注个叶字②，表示这里该叶韵（即与"织"字押韵）。当然并不规定押哪一个韵，但是要求一个仄声韵。"楼"字下面注"换平"，是说换平声韵。"愁"字下面注"叶平"，是说叶平声韵。"立"字下面注"三换仄"，是说在第三个韵又换了仄声韵；"急"字下面注"三叶仄"，是说叶仄声韵。"程"字下面注"四换平"，是说在第四个韵又换了平声韵；"亭"字下面注"四叶

---

①　但是改为横排。
②　"叶"，同"协"，不是树叶的"叶"。

平",是说叶平声韵。万树是清初时代的人;在万树以前,词人们早已填词,那又依照谁人所定的词谱呢? 古人并不需要词谱,只要有了样品,就可以照填。试看辛弃疾所填的一首《菩萨蛮》:

菩萨蛮(书江西造口壁)

[宋]辛弃疾

郁孤台下清江水,
中间多少行人泪。
西北望长安,
可怜无数山。

青山遮不住,
毕竟东流去。
江晚正愁余,
山深闻鹧鸪。

辛词共用四十四个字,共用四个韵,其中两个仄声韵,两个平声韵,并且平仄韵交替,完全和李白原词相同。平仄也完全模仿李白原词,甚至原词前阕末句用"仄平平仄平",后阕用"平平平仄平",都完全模仿了。

这里有一个问题:拿谁的词来做样品呢? 如果说写《菩萨蛮》要拿李白原词做样品,李白又拿谁的词做样品呢? 其实《菩萨蛮》的最早的作者(李白?)并不需要任何样品,因为《菩萨蛮》是按曲谱而作出的。民间作品多数是入乐演唱的,所以只须按曲作词,而不需要照样填词。至于后世某些词调,那又是另一种情况。词人创造一种词调,后人跟着填词。词牌是越来越多的。有些词牌是后起的,那只能拿较晚的作品作为样品。

本来,唐宋人填词就有较大的灵活性,所以一个词牌往往有几种别体。词中本来就是律句占优势;有些词的拗句又常常被后代词人改为律句。例如《菩萨蛮》前后阕末句的"仄平平仄平"就被改为"平平仄仄平"。有些词,如《念奴娇》、《水调歌头》等,在开始的时期就有相当大的灵活性,所以后代更自由一些。大致说来,小令的格律最严,中调较宽,长调更宽。我们研究词律的时候,既要仔细考究它的规则,又要知道它的变化。不求甚解和胶柱鼓瑟都是不对的。

这里我们将列举一些词谱,作为示例。为了便于了解,我们改变了前人的做法,不再录样品,而是依照第二章讲诗律时的办法,列举一些平仄格式,然后再举两三首词为例①。

(1)忆江南(廿七字,又作望江南,江南好,梦江南等)

平平仄,

仄仄仄平平。
△

仄仄平平平仄仄,

平平仄仄仄平平。
△

仄仄仄平平②。
△

---

① 其所以不止举一首,是要显示词人依谱填词的严格。

② △号表示韵脚。下同。

忆 江 南
[唐]白居易

江南好，

风景旧曾谙。

日出江花红胜火，

春来江水绿如蓝。

能不忆江南①？

忆 江 南
[唐]刘禹锡

春去也，

多谢洛城人。

弱柳从风疑举袂，

丛兰裛露似沾巾。

独坐亦含嚬。

梦 江 南
[唐]皇甫松

兰烬落，

屏上暗红蕉。

---

① 字下加小圆点的都是入声字。不要按现代普通话的声调去了解。下
同。

闲梦江南梅熟日，

夜船吹笛雨潇潇。

人语驿边桥。

梦 江 南

[唐]温庭筠

梳洗罢，

独倚望江楼。

过尽千帆皆不是，

斜晖脉脉水悠悠。

肠断白蘋洲。

(2)浣溪沙（四十二字，沙或作纱，或作浣纱溪）

⊗仄平平仄仄平，
△

㊒平⊗仄仄平平。
△

㊒平⊗仄仄平平。
△

⊗仄㊒平平仄仄，

㊒平⊗仄仄平平。
△

㊒平⊗仄仄平平①。
△

（后阕头两句往往用对仗。）

---

① 这很像一首不粘的七律减去第三、第七两句。

浣 溪 沙

〔宋〕晏　殊

一曲新词酒一杯，
去年天气旧亭台，
夕阳西下几时回？

无可奈何花落去，
似曾相识燕归来，
小园香径独徘徊。

浣溪沙（荆州约马举先登城楼观塞）

〔宋〕张孝祥

霜日明霄水蘸空，
鸣鞘声里绣旗红。
淡烟衰草有无中。

万里中原烽火北，
一尊浊酒戍楼东。
酒阑挥泪向悲风。

浣溪沙（1950 年国庆观剧，柳亚子先生即
席赋浣溪沙，因步其韵奉和。）

毛泽东

长夜难明赤县天，

百年魔怪舞翩跹。

人民五亿不团圆。

一唱雄鸡天下白，

万方乐奏有于阗。

诗人兴会更无前[①]。

(3) 菩萨蛮（四十四字）

㊒平㊒仄平平仄，
△

㊒平㊒仄平平仄。
△

㊒仄仄平平，
△

㊒平平仄平[②]。
△

㊒平平仄仄，
△

㊒仄平平仄。
△

---

① "兴"，去声。

② 这句第一字可平，第三字可仄，但是不能犯孤平。这就是说，如果第
三字用仄，则第一字必须用平。后阕末句同。

⑭仄仄平平，
　　△
⑮平平仄平。
　　△

（共用四个韵。前阕后二句与后阕后二句字数平
仄相同。前后阕末句都可改用律句平平仄仄平。）

菩 萨 蛮

〔唐〕李　白（?）

平林漠漠烟如织，
寒山一带伤心碧。
暝色入高楼，
有人楼上愁。

玉阶空伫立，
宿鸟归飞急。
何处是归程？
长亭连短亭！

菩萨蛮（大柏地）

毛泽东

赤橙黄绿青蓝紫，
谁持彩练当空舞？
雨后复斜阳，
关山阵阵苍。

当年鏖战急,

弹洞前村壁。

装点此关山,

今朝更好看①。

(4)采桑子(四十四字,又名丑奴儿)

㊀平㊁仄平平仄,

㊁仄平平。
　　△

㊁仄平平,
　　△

㊁仄平平㊁仄平。
　　　　　　△

㊀平㊁仄平平仄,

㊁仄平平。
　　△

㊁仄平平,
　　△

㊁仄平平㊁仄平。
　　　　　　△

采 桑 子

[宋]欧阳修

群芳过后西湖好,

狼藉残红,

飞絮濛濛,

---

① "看",平声。

垂柳阑干尽日风。

笙歌歇尽游人去，
始觉春空。
垂下帘栊，
双燕归来细雨中。

采桑子（丑奴儿）

［宋］辛弃疾

少年不识愁滋味，
爱上层楼。
爱上层楼，
为赋新诗强说愁。

而今识尽愁滋味，
欲说还休。
欲说还休，
却道"天凉好个秋"！

采桑子（重阳）

毛泽东

人生易老天难老，
岁岁重阳。
今又重阳，

战地黄花分外香。

一年一度秋风劲,
不似春光。
胜似春光,
寥廓江天万里霜。

(5) 卜算子(四十四字)

⊗仄仄平平,
⊗仄平平仄。
　　　　△
⊗仄平平仄仄平,
⊗仄平平仄。
　　　△

⊗仄仄平平,
⊗仄平平仄。
　　　△
⊗仄平平仄仄平,
⊗仄平平仄。
　　　△

卜算子(咏梅)

[宋]陆 游

驿外断桥边,
寂寞开无主。
已是黄昏独自愁,

更著风和雨。

无意苦争春，
一任群芳妒。
零落成泥碾作尘，
只有香如故。

卜算子(咏梅)
毛泽东

风雨送春归，
飞雪迎春到。
已是悬崖百丈冰，
犹有花枝俏。

俏也不争春，
只把春来报。
待到山花烂漫时，
她在丛中笑。

(6)减字木兰花(四十四字)

㊉平㊀仄，
㊀仄㊉平平仄仄。
㊀仄平平，

㊁仄平平㊁仄平。
△

㊥平㊁仄，
△
㊁仄㊥平平仄仄。
△
㊁仄平平，
△
㊁仄平平㊁仄平。
△
（每两句一换韵。）

减字木兰花

[宋]秦 观

天涯旧恨，
独自凄凉人不问。
欲见回肠，
断尽金炉小篆香。

黛蛾长敛，
任是春风吹不展。
困倚危楼，
过尽飞鸿字字愁。

减字木兰花（广昌路上）

毛泽东

漫天皆白，

雪里行军情更迫。

头上高山,

风卷红旗过大关。

此行何去?

赣江风雪迷漫处①。

命令昨颁②,

十万工农下吉安。

(7)忆秦娥(四十六字)

平⊕仄,
　△

⊕平⊗仄平平仄。
　　　　　△

平平仄(叠三字),
　　△

⊗平⊕仄,

仄平平仄。
　　　△

⊕平⊗仄平平仄,
　　　　　　△

⊕平⊗仄平平仄。
　　　　　　△

平平仄(叠三字),
　　△

⊗平⊕仄,

① "漫",平声。

② "昨"字未拘平仄。

仄平平仄。
　　　△

（此调多用入声韵。前阕后三句与后阕后三句字数平仄相同。）

忆 秦 娥

［唐］李　白（？）

箫声咽，
秦娥梦断秦楼月。
秦楼月，
年年柳色，
灞陵伤别。

乐游原上清秋节，
咸阳古道音尘绝。
音尘绝，
西风残照，
汉家陵阙。

忆 秦 娥

［宋］范成大

楼阴缺，
阑干影卧东厢月。
东厢月，
一天风露，

杏花如雪。

隔烟催漏金虬咽，
罗帏黯淡灯花结。
灯花结，
片时春梦，
江南天阔。

忆秦娥（娄山关）

毛泽东

西风烈，
长空雁叫霜晨月。
霜晨月，
马蹄声碎，
喇叭声咽。

雄关漫道真如铁，
而今迈步从头越。
从头越，
苍山如海，
残阳如血。

(8)清平乐（四十六字）

㊞平㊞仄，
△

仄仄平平仄。
△
仄仄平平平仄仄，
仄仄平平仄仄。
△

平平仄仄平平，
平平仄仄平平。
△
仄仄平平仄仄，
平平仄仄平平。
△

（后阕换平声韵。）

清平乐（晚春）

[宋]黄庭坚

春归何处？
寂寞无行路。
若有人知春去处，
唤取归来同住。

春无踪迹谁知？
除非问取黄鹂。
百啭无人能解，
因风飞过蔷薇。

清平乐(六盘山)

毛泽东

天高云淡，

望断南飞雁。

不到长城非好汉，

屈指行程二万！

六盘山上高峰，

红旗漫卷西风。

今日长缨在手，

何时缚住苍龙？

(9)西江月(五十字)

‖ ⊗仄⊕平⊗仄，

⊕平⊗仄平平。
　　　　△

⊕平⊗仄仄平平，
　　　　△

⊗仄⊕平⊗仄。 ‖ ①
　　　　△

(前后阕同。第一句无韵,第二、第三句押平声韵,
第四句押原韵的仄声韵。这种平仄通押的调子,
在词调中是很少见的。但是,《西江月》却是最流

_____

① 双调用‖号表示前后阕同。下同。

行的曲调。前后阕头两句要用对仗。）

西 江 月

[宋]辛弃疾

明月别枝惊鹊，
清风半夜鸣蝉。
稻花香里说丰年，
听取蛙音一片。

七八个星天外，
两三点雨山前。
旧时茅店社林边，
路转溪桥忽见。

西 江 月

[宋]刘 过

堂上谋臣尊俎，
边头将士干戈。
天时地利与人和，
燕可伐欤？曰可！

今日楼台鼎鼐，
明年带砺山河。
大家齐唱大风歌，

不日四方来贺。

(10) 浪淘沙（五十四字）

‖ 仄仄仄平平，
仄仄平平。
平平仄仄仄平平。
仄仄平平平仄仄，
仄仄平平。 ‖
（前后阕同。）

浪　淘　沙

[南唐]李　煜

帘外雨潺潺，
春意阑珊。
罗衾不耐五更寒。
梦里不知身是客，
一晌贪欢。

独自莫凭栏，
无限江山。
别时容易见时难。
流水落花春去也，
天上人间。

浪淘沙(北戴河)

毛泽东

大雨落幽燕①,

白浪滔天。

秦皇岛外打鱼船。

一片汪洋都不见,

知向谁边?

往事越千年,

魏武挥鞭。

东临碣石有遗篇。

萧瑟秋风今又是,

换了人间!

(11)蝶恋花(六十字,又名鹊踏枝)

‖ ⊗仄⊗平平仄仄。
　　　　　　△
⊗仄平平,

⊗仄平平仄。
　　　　△
⊗仄⊗平平仄仄(或仄平仄),
　　　　　　　△
⊗平⊗仄平平仄。 ‖
　　　　　△

---

① "燕",平声,读如烟。

（前后阕同。）

蝶 恋 花
[宋]苏 轼

花褪残红青杏小。
燕子飞时，
绿水人家绕。
枝上柳绵吹又少。
天涯何处无芳草？

墙里秋千墙外道。
墙外行人，
墙里佳人笑。
笑渐不闻声渐杳。
多情却被无情恼。

蝶恋花（从汀州向长沙）
毛泽东

六月天兵征腐恶，
万丈长缨
要把鲲鹏缚。
赣水那边红一角，
偏师借重黄公略。

百万工农齐踊跃，
席卷江西
直捣湘和鄂。
国际悲歌歌一曲，
狂飙为我从天落。

蝶恋花(答李淑一)

毛泽东

我失骄杨君失柳，
杨柳轻飏
直上重霄九。
问讯吴刚何所有，
吴刚捧出桂花酒。

寂寞嫦娥舒广袖，
万里长空
且为忠魂舞。
忽报人间曾伏虎，
泪飞顿作倾盆雨。

(12)渔家傲(六十二字)

‖ ⊗仄⊗平平仄仄，
    △
  ⊕平⊗仄平平仄。
    △

（仄）仄（平）平平仄仄。
　　　　　　　△

平（仄）仄，
　　△

（平）平（仄）仄平平仄。‖
　　　　　　　△

（前后阕同）

渔家傲（秋思）

[宋]范仲淹

塞下秋来风景异，

衡阳雁去无留意。

四面边声连角起。

千嶂里，

长烟落日孤城闭。

浊酒一杯家万里，

燕然未勒归无计。

羌管悠悠霜满地。

人不寐，

将军白髮征夫泪。

渔家傲（记梦）

[宋]李清照

天接云涛连晓雾，

星河欲转千帆舞。

仿佛梦魂归帝所。
闻天语，
殷勤问我归何处。

我报路长嗟日暮，
学诗谩有惊人句。
九万里风鹏正举。
风休住，
蓬舟吹取三山去。

渔家傲（反第一次大"围剿"）

毛泽东

万木霜天红烂漫，
天兵怒气冲霄汉。
雾满龙冈千嶂暗，
齐声唤，
前头捉了张辉瓒。

二十万军重入赣，
风烟滚滚来天半。
唤起工农千百万，
同心干，
不周山下红旗乱。

(13)满江红（九十三字）

仄仄平平，

平平仄、平平仄仄。
　　　　　△

平仄仄、仄平平仄，
　　　　　　　△

仄平平仄。
　　△

仄仄平平平仄仄，

平平仄仄平平仄。
　　　　　△

仄仄平、仄仄仄平平，

平平仄。
　　△

仄平仄，平仄仄；
　　△

平仄仄，平平仄。
　　　　　△

仄平平仄仄、仄平平仄。
　　　　　　　　△

仄仄平平平仄仄，

平平仄仄平平仄。
　　　　　△

仄平平、仄仄仄平平，

平平仄。
　　△

（此调常用入声韵，而且往往用一些对仗。）

满　江　红

[宋]岳　飞

怒发冲冠，
　·

凭栏处、潇潇雨歇。
　　　　　　·

抬望眼、仰天长啸，

壮怀激烈。

三十功名尘与土，

八千里路云和月。

莫等闲、白了少年头，

空悲切！

靖康耻，犹未雪；

臣子恨，何时灭？

驾长车踏破，贺兰山缺[①]。

壮志饥餐胡虏肉，

笑谈渴饮匈奴血。

待从头、收拾旧山河，

朝天阙。

满江红（金陵怀古）

[元]萨都剌

六代豪华，

春去也、更无消息。

空怅望、山川形势，

已非畴昔。

---

① 依语法结构，应该标点为："驾长车，踏破贺兰山缺。"这里是按词谱断句。

王谢堂前双燕子，

乌衣巷口曾相识。

听夜深寂寞打孤城，

春潮急。

思往事，愁如织；

怀故国，空陈迹。

但荒烟衰草，乱鸦斜日。

玉树歌残秋露冷，

胭脂井坏寒螀泣。

到如今、只有蒋山青，

秦淮碧。

(14)水调歌头（九十五字）

⊗仄⊕平仄，

⊗仄仄平平。
　　　△

⊕平⊗仄平仄⊗仄仄平平
　　　　　　　　　　　△

（上六下五或上四下七）。

⊗仄⊕平⊗仄，

⊗仄⊕平⊗仄，

⊗仄仄平平。
　　　△

⊗仄⊕平仄，

⊗仄仄平平。
　　　△

⊕平仄，

平⊕仄，

仄平平。
　　△

⊕平⊗仄平仄仄仄仄平平
　　　　　　　　　　△

(上六下五或上四下七，又或作仄仄平平仄仄，仄仄仄平平)。

⊗仄⊕平⊗仄，

⊗仄⊕平⊗仄，

⊗仄仄平平。
　　　△

⊗仄⊕平仄，

⊗仄仄平平①。
　　　△

(前阕后七句与后阕后七句字数平仄相同。)

水调歌头(中秋)

[宋]苏 轼

明月几时有？

把酒问青天。

不知天上宫阙、今夕是何年①？

---

① 这个词调的平仄相当灵活。前阕第三句、后阕第四句为一个十一字句，中间稍有停顿，上六下五或上四下七均可。但是近代词人常常把它分成两句，并且是上六下五(参看张惠言《词选》所录他自己的五首《水调歌头》)。毛主席的词也是按上六下五填写的。这调常用一些拗句，如毛主席词中的"子在川上曰"，"一桥飞架南北"，苏轼词中的"不知天上宫阙"，"起舞弄清影"等。

我欲乘风归去，

又恐琼楼玉宇，高处不胜寒。

起舞弄清影，

何似在人间！

转朱阁，

低绮户，

照无眠。

不应有恨、何事偏向别时圆？

人有悲欢离合，

月有阴晴圆缺，

此事古难全。

但愿人长久，

千里共婵娟！

水　调　歌　头
［宋］陈　亮

不见南师久，

漫说北群空。

当场只手毕竟还我万夫雄。

自笑堂堂汉使，

得似洋洋河水，依旧只流东。

且复穹庐拜，

会向藁街逢。

尧之都，

舜之壤，

禹之封。

于中应有一个半个耻臣戎。

万里腥膻如许，

千古英灵安在，

磅礴几时通？

胡运何须问？

赫日自当中！

水调歌头（游泳）
毛泽东

才饮长沙水，

又食武昌鱼，

万里长江横渡，

极目楚天舒。

不管风吹浪打，

胜似闲庭信步，

今日得宽馀。

子在川上曰：

逝者如斯夫！

风樯动，

龟蛇静，

起宏图。

一桥飞架南北。

天堑变通途。

更立西江石壁，

截断巫山云雨，

高峡出平湖。

神女应无恙，

当惊世界殊。

水调歌头(重上井冈山)

毛泽东

久有凌云志，

重上井冈山，

千里来寻故地，

旧貌变新颜。

到处莺歌燕舞，

更有潺潺流水，

高路入云端。

过了黄洋界，

险处不须看。

风雷动，

旌旗奋，

是人寰。

三十八年过去,

弹指一挥间。

可上九天揽月,

可下五洋捉鳖,

谈笑凯歌还。

世上无难事,

只要肯登攀。

(15)念奴娇(一百字,又名百字令、酹江月、大江东去)

⊙平⊙仄,

仄平⊙、⊙仄⊙平平仄
　　　　　　　△

　(或仄平平⊙仄、⊙平平仄)。

⊙仄⊙平平仄仄,

⊙仄⊙平平仄。
　　　　　△

⊙仄平平,

⊙平⊙仄,

仄仄平平仄。
　　　　△

⊙平⊙仄,

⊙平平仄平仄。
　　　　　△

　⊙仄⊙仄平平(或⊙平⊙仄平平),

　⊙平平仄(或⊙仄平平),

Ⓧ仄平平仄。
　　　　△
Ⓧ仄Ⓟ平平仄仄，
Ⓧ仄Ⓟ平平仄。
　　　　　△
Ⓧ仄平平，
Ⓟ平Ⓧ仄，
Ⓧ仄平平仄。
　　　　△
Ⓟ平Ⓟ仄，
Ⓟ平平仄平仄①。
　　　　　△

（这调一般用入声韵。前阕后七句与后阕后七句
字数平仄相同。）

念奴娇（赤壁怀古）

[宋]苏　轼

大江东去，
浪淘尽、千古风流人物。
故垒西边人道是，
三国周郎赤壁②。
乱石穿空，
惊涛拍岸，
卷起千堆雪。

---

① 跟《水调歌头》一样，这个词调的平仄相当灵活，而且用拗句。
② 依语法结构，应该标点为："故垒西边，人道是三国周郎赤壁。"这里是
按词谱断句。

江山如画，

一时多少豪杰！

遥想公瑾当年：

小乔初嫁了，

雄姿英发。

羽扇纶巾，谈笑间，

樯橹灰飞烟灭。

故国神游，

多情应笑，

我早生华髪①。

人生如梦，

一樽还酹江月！

念奴娇（登多景楼）

［宋］陈 亮

危楼还望，

叹此意、今古几人曾会？

鬼设神施浑认作，

天限南疆北界。

一水横陈，

---

① 依语法结构，应该标点为："多情应笑我，早生华髪。"这里是按词谱断句。

连岗三面，

做出争雄势。

六朝何事，

只成门户私计。

因笑王谢诸人，

登高怀远，

也学英雄涕。

凭却江山管不到，

河洛膻腥无际。

正好长驱，

不须反顾，

寻取中流誓。

小儿破贼，

势成宁问强对！

（依语法结构，"浑认作"应连下读；这和苏轼《念奴娇》"故垒西边人道是"一样，"人道是"也本该连下读的。"管"字未拘平仄。）

念奴娇（石头城，用东坡原韵）

[元]萨都剌

石头城上，

望天低吴楚，

眼空无物。

指点六朝形胜地，

惟有青山如壁。

蔽日旌旗，

连云樯橹，

白骨纷如雪。

大江南北，

消磨多少豪杰！

寂寞避暑离宫，

东风辇路，

芳草年年发。

落日无人松径冷，

鬼火高低明灭。

歌舞樽前，

繁华镜里，

暗换青青鬓。

伤心千古，

秦淮一片明月！

(16)沁园春(一百十四字)

⊗仄平平①，

⊗仄平平，

_____

① 第一句可以用韵。

仄仄仄平。
△

仄平平仄仄（上一下四）①，

（平）平（仄）仄；

（平）平（仄）仄，

（仄）仄平平。
　　　△

（仄）仄平平，

（平）平（仄）仄，

（仄）仄平平（仄）仄平。
　　　　　　△

平（平）仄，

仄（平）平（仄）仄（上一下四），

（仄）仄平平。
　　　△

（平）平（仄）仄平平②。
　　　　　△

（仄）仄仄、平平（仄）仄平。
　　　　　　　　△

仄（平）平（仄）仄（上一下四），

（平）平（仄）仄；

（平）平（仄）仄，

（仄）仄平平。
　　　△

（仄）仄平平，

---

①　调中有四句"仄平平仄仄"，都应该了解为上一下四，即仄＋平平仄仄。

②　这一句，依《词律》应分两句，即平平，仄仄平平。但是，一般都作六字句。

⊕平⊗仄，

⊗仄平平⊗仄平。
　　　　△

平⊗仄（或仄平仄），

仄⊕平⊗仄（上一下四），

⊗仄平平。
　　△

（前阕后九句与后阕后九句字数平仄相同。此调一般都用较多的对仗。）

沁园春（梦方孚若）

［宋］刘克庄

何处相逢？

登宝钗楼，

访铜雀台。

唤厨人斫就，

东溟鲸脍；

圉人呈罢，

西极龙媒。

天下英雄，

使君与操，

馀子谁堪共酒杯？

车千乘，

载燕南代北，

剑客奇材。

饮酣鼻息如雷。

谁信被晨鸡催唤回?

叹年光过尽,

功名未立;

书生老去,

机会方来。

使李将军,

遇高皇帝,

万户侯何足道哉?

披衣起,

但凄凉回顾,

慷慨生哀!

("铜"字未拘平仄。)

沁园春(雪)

毛泽东

北国风光,

千里冰封,

万里雪飘。

望长城内外,

惟馀莽莽;

大河上下,

顿失滔滔。

山舞银蛇,

原驰蜡象，

欲与天公试比高。

须晴日，

看红装素裹，

分外妖娆。

江山如此多娇，

引无数英雄竞折腰。

惜秦皇汉武，

略输文采；

唐宗宋祖，

稍逊风骚。

一代天骄，

成吉思汗①，

只识弯弓射大雕。

俱往矣，

数风流人物，

还看今朝。

① 成吉思汗是蒙古人名，不拘平仄。

第三节 词韵,词的平仄和对仗

(一)词 韵

关于词韵,并没有任何正式的规定。戈载的《词林正韵》,把平上去三声分为十四部,入声分为五部,共十九部。据说是取古代著名词人的词,参酌而定的。从前遵用的人颇多。其实这十九部不过是把诗韵大致合并,和上章所述古体诗的宽韵差不多。现在把这十九部开列在后面,以供参考①。

(甲)平上去声十四部

(1)平声东冬,上声董肿,去声送宋。

(2)平声江阳,上声讲养,去声绛漾。

(3)平声支微齐,又灰半②;上声纸尾荠,又贿半;去声寘未霁,又泰半、队半。

(4)平声鱼虞;上声语麌;去声御遇。

(5)平声佳半,灰半;上声蟹,又贿半;去声泰半、卦半、

---

① 戈载《词林正韵》的韵目依照《集韵》,现在改为"平水韵"(即第二章第二、六两节所讲的诗韵),以归一律。

② 具体的字见于附录《诗韵举要》。下同。

队半。

（6）平声真文，又元半；上声轸吻，又阮半；去声震问，又愿半。

（7）平声寒删先，又元半；上声旱潸铣，又阮半；去声翰谏霰，又愿半。

（8）平声萧肴豪，上声篠巧皓，去声啸效号。

（9）平声歌，上声哿，去声箇。

（10）平声麻，又佳半；上声马，去声祃，又卦半。

（11）平声庚青蒸，上声梗迥，去声敬径。

（12）平声尤，上声有，去声宥。

（13）平声侵，上声寝，去声沁。

（14）平声覃盐咸，上声感俭豏，去声勘艳陷。

（乙）入声五部

（1）屋沃。

（2）觉药。

（3）质物锡职缉。

（4）物月曷黠屑叶。

（5）合洽。

这十九部大约只能适合宋词的多数情况。其实在某些词人的笔下，第六部早已与第十一部、第十三部相通，第七部早已与第十四部相通。其中有语音发展的原因，也有方言的影响。

入声韵的独立性很强。某些词在习惯上是用入声韵的，例如《忆秦娥》、《念奴娇》等。

平韵与仄韵的界限也是很清楚的。某调规定用平韵,就不能用仄韵;规定用仄韵,就不能用平韵。除非有另一体。

只有上去两声是可以通押的。这种通押的情况在唐代古体诗中已经开始了。

(二)词的平仄

词的特点之一就是全部用律句或基本上用律句。最明显的律句是七言律句和五言律句。有些词,一读就知道这是从七绝或七律脱胎出来的。例如《浣溪沙》四十二字,就是六个律句组成的,很像一首不粘的七律,减去第三、第七两句。这词的后阕开头用对仗,就像律诗颈联用对仗一样。《菩萨蛮》前后阕末句本来用拗句(仄平平仄平),但是后代词人许多人都用了律句,以致万树《词律》不能不在第三字注云"可仄"。如果前后阕末句都用了律句,那么,整首《菩萨蛮》都是七言律句和五言律句组成的了。不过要注意一点:词句常常是不粘不对的。像《菩萨蛮》开头两句虽然都是律句,但它们的平仄不是对立的。

不但五字句、七字句多数是律句,连三字句、四字句、六字句、八字句、九字句、十一字句等,也多数是律句。现在分别加以叙述。

三字句。——三字句是用七言律句或五言律句的三字尾。即:平平仄,平仄仄,仄平平,仄仄平。平平仄如"须晴日",平仄仄如"俱往矣",仄平平如"照无眠"。两个三字律句用在一起如"青箬笠,绿蓑衣"。

四字句。——四字句是用七言律句的上四字。即：㊉平㊈仄,㊈仄平平。㊉平㊈仄如"天高云淡",㊈仄平平如"怒髮冲冠"。两个四字律句用在一起如"唐宗宋祖,稍逊风骚"。如果先平脚,后仄脚,则如"乱石穿空,惊涛拍岸"。

六字句。——六字句是四字句的扩展,我们把平起变为仄起,仄起变为平起,就扩展成为六字句。即：㊈仄㊉平㊈仄,㊉平㊈仄平平。㊈仄㊉平㊈仄如"我欲乘风归去";㊉平㊈仄平平如"红旗漫卷西风"。两个六字律句用在一起如"今日长缨在手,何时缚住苍龙"。

八字句。——八字句往往是上三下五。如果第三字用仄声,则第五字往往用平声;如果第三字用平声,则第五字往往用仄声。下五字一般都用律句。第三字用仄声的如"引无数英雄竞折腰"。第三字用平声的如"莫等闲白了少年头"。

九字句。——九字句往往是上三下六,或上六下三,或上四下五。一般都用两个律句组合而成,至少下六字或下五字是律句。如"浪淘尽、千古风流人物"。

十一字句①。——十一字句往往是上四下七,或上六下五。下五字往往是律句。如"不应有恨、何事偏向别时圆"。又如"不知天上宫阙、今夕是何年"。

---

① 十字句罕见,不讨论。

　　词中还有二字句、一字句、一字豆①。现在再分别加以叙述。

　　二字句。——二字句一般是平仄（第一字平声，第二字仄声），而且往往是叠句。如"山下，山下"。又如王建《调笑令》，"团扇，团扇。……弦管，弦管"。个别词牌也用平平，如辛弃疾《南乡子》："千古兴亡多少事，悠悠！……天下英雄谁敌手？曹刘。"

　　一字句。——一字句很少见。只有十六字令的第一句是一字句。

　　一字豆。——一字豆是词的特点之一。懂得一字豆，才不至于误解词句的平仄。有些五字句，实际上是上一下四。例如"望长城内外"，望字是一字豆，"长城内外"是四字律句。这样，"长城内外，惟馀莽莽"和"大河上下，顿失滔滔"就成为整齐的对仗。

　　特种律。——特种律句主要指的是比较特别的仄脚四字句和六字句。仄脚四字律句是"㊢平㊢仄"，但是特种律句则是"㊢平平仄"（第三字必平）；仄脚六字律句是"㊢仄㊢平㊢仄"，但是特种律句则是"㊢仄仄平平仄"（第五字必平）。《忆秦娥》前后阕末句，依《词律》就该是特种律句。其实，前后阕倒数第二句也常常用特种律句。如"马蹄**声**碎，喇叭**声**咽"，"苍山**如**海，残阳**如**血"。《如梦令》的六字句也

――――――――――

　　① 豆，就是读（dòu）。句中稍有停顿叫豆。一字豆不须点断，只须把五字句看成"上一下四"就是了。

常用特种律句。如"宁化、清流、归化,路隘林深苔滑","直指武夷山下","风展红旗如画"。又如"昨夜雨疏风骤,浓睡不消残酒","却道海棠依旧","应是绿肥红瘦"。

拗句。——大多数的词牌都是没有拗句的。但是,也有少数词牌用一些拗句。例如《念奴娇》前后阕末句(如"一时多少豪杰","一樽还酹江月"),《水调歌头》前阕第三句上六字(如"不知天上宫阙"),后阕第四句上六字(如"一桥飞架南北"),都是"㊤平平仄平仄",就都是拗句。

总之,从律句去了解词的平仄,十分之九的问题都解决了[①]。

(三)词的对仗

词的对仗,有固定的,有一般用对仗的,有自由的。

固定的对仗,例如西江月前后阕头两句。此类固定的对仗是很少见的。

一般用对仗的(但也可以不用),例如《沁园春》前阕第二三两句、第四五句和第六七句,第八九两句;后阕第三四句和第五六句,第七八两句。又如《念奴娇》前后阕第五六两句。又如《浣溪沙》后阕头两句。

---

① 关于词的平仄,还有许多讲究。如有些地方该用去声,有的地方该用上声,又有人以为入声、上声可以代替平声。这只是技巧的事或变通的办法,不必认为格律,所以略而不讲。

《沁园春》前阕第四五六七两联,如"望长城内外,惟馀莽莽;大河上下,顿失滔滔"。后阕第三四五六两联,如"惜秦皇汉武,略输文采;唐宗宋祖,稍逊风骚"。这是以两句对两句,跟一般对仗不同。像这样以两句对两句的对仗,称为**扇面对**①。

凡前后两句字数相同的,都有用对仗的可能。例如《忆秦娥》前后阕末两句,《水调歌头》前阕第五六两句,后阕第六七两句,等等。但是这些地方用不用对仗完全是自由的。

词的对仗,有两点和律诗不同。第一,词的对仗不一定要以平对仄,以仄对平。如"千里冰封,万里雪飘";又如"望长城内外,惟馀莽莽;大河上下,顿失滔滔"(城对河,是平对平;外对下,是仄对仄)。第二,词的对仗可以允许同字相对。如"千里冰封"对"万里雪飘",又如"马蹄声碎"对"喇叭声咽","苍山如海"对"残阳如血"。

除了这两点之外,词的对仗跟诗的对仗是一样的。

词韵、词的平仄和对仗都是从律诗的基础上加以变化的。因此,要研究词,最好是先研究律诗。律诗研究好了,词就容易懂了。

---

① 诗也有扇面对,但不如词的扇面对那样常见。

第四章　诗词的节奏
及其语法特点
第一节　诗词的节奏

诗词的节奏和语句的结构是有密切关系的。换句话说，也就是和语法有密切关系的。因此，我们把节奏问题放在这里来讲。

（一）诗词的一般节奏

这里所讲的诗词的一般节奏，也就是律句的节奏。律句的节奏，是以每两个音节（即两个字）作为一个节奏单位的。如果是三字句、五字句和七字句，则最后一个字单独成为一个节奏单位。具体说来，如下表：

三字句：

　平平——仄　　仄仄——平

　平仄——仄　　仄平——平

四字句：

平平——仄仄   仄仄——平平

五字句：

仄仄——平平——仄   平平——仄仄——平

平平——平仄——仄   仄仄——仄平——平

六字句：

仄仄——平平——仄仄   平平——仄仄——平平

七字句：

平平——仄仄——平平——仄   仄仄——平平——
仄平——平

仄仄——平平——平仄——仄   平平——仄仄——
仄平——平

从这一个角度上看，"一三五不论，二四六分明"这两
句口诀是基本上正确的：第一、第三、第五字不在节奏点
上，所以可以不论；第二、第四、第六字在节奏点上，所以需
要分明①。

意义单位常常是和声律单位结合得很好的。所谓意义
单位，一般地说就是一个词（包括复音词）、一个词组、一个
介词结构（介词及其宾语）、或一个句子形式，所谓声律单
位，就是节奏。就多数情况来说，二者在诗句中是一致的。
因此，我们试把诗句按节奏来分开，每一个双音节奏常常是
和一个双音词、一个词组或一个句子形式相当的。

例如：

---

①　这两句口诀之所以不完全正确，是由于其他声律的原因，已见上文。

西风——烈,长空——雁叫——霜晨——月。(毛泽东)

指点——江山,激扬——文字,粪土——当年——万
　　户——侯。(毛泽东)

宁化——清流——归化,路隘——林深——苔滑。
　　(毛泽东)

天连——五岭——银锄——落,地动——三河——
　　铁臂——摇。(毛泽东)

晴川——历历——汉阳——树,芳草——萋萋——
　　鹦鹉——洲。(崔颢)

别来——沧海——事,语罢——暮天——钟。(李益)

应当指出,三字句,特别是五言、七言的三字尾,三个音
节的结合是比较密切的,同时,节奏点也是可以移动的。移
动以后,就成为下面的另一种情况:

三字句:

　　平——平仄　仄——仄平

　　平——仄仄　仄——平平

五字句:

　　仄仄——平——平仄　平平——仄——仄平

　　平平——平——仄仄　仄仄——仄——平平

七字句:

　　平平——仄仄——平——平仄　仄仄——平平——
　　仄——仄平

　　仄仄——平平——平——仄仄　平平——仄仄——
　　仄——平平

我们试看,另一种诗句则是和上述这种节奏相适应的:

　　　须——晴日。(毛泽东)

　　　起——宏图。(毛泽东)

　　　雨后——复——斜阳。(毛泽东)

　　　六亿——神州——尽——舜尧。(毛泽东)。

　　　海月——低——云旆,江霞——入——锦车。(钱起)

　　　乱花——渐欲——迷——人眼,浅草——才能——
　　　没——马蹄。(白居易)

　　实际上,五字句和七字句都可以分为两个较大的节奏单位:五字句分为二三,七字句分为四三。这样,不但把三字尾看成一个整体,连三字尾以外的部分也看成一个整体。这样分析更合于语言的实际,也更富于概括性。例如:

　　　雨后——复斜阳。

　　　别来——沧海事,语罢——暮天钟。

　　　天连五岭——银锄落,地动三河——铁臂摇。

　　　晴川历历——汉阳树,芳草萋萋——鹦鹉洲。

　　五字句分为二三,七字句分为四三,这是符合大多数情况的。但是,节奏单位和语法结构的一致性也不能绝对化,有些特殊情况是不能用这个方式来概括的。例如有所谓折腰句,按语法结构是三一三。陆游《秋晚登城北门》:"一点烽传散关信,两行雁带杜陵秋。"如果分为两半,那就只能分成三四,而不能分成四三。又如毛主席的《沁园春·长沙》:"粪土当年万户侯",这个七字句如果要采用两分法,就只能分成二五("粪土——当年万户侯"),而不能分成四三;又如毛主席的《七律·赠柳亚子先生》"风物长宜放眼量",这个七字句也只能分成二五("风物——长宜放眼量"),而不能分成四三。还有更特殊的情况。例如王维《送严秀才入蜀》"山临青塞断,江向白云平";杜甫《春宿左省》"星临万户动,月傍九霄多";李白《渡荆门送别》"山随平野尽,江入大荒流"。"临青塞"、"临万户"、"随平野"、"向白云"、"傍九霄"、"入大荒",都是动宾结构作状语用,它们的作用等于一个介词结构,按二三分开是不合于语法结构的。又如杜甫《旅夜书怀》"名岂文章著,官应老病休",按节奏单位应该分为二三或二二一,但按语法结构则应分为一四("名——岂文章著,官——应老病休"),二者之间是有矛盾的。

杜甫《宿府》"永夜角声悲自语,中天月色好谁看",按语法结构应该分成五二("永夜角声悲——自语,中天月色好——谁看?")。王维《山居》"鹤巢松树遍,人访荜门稀",按语法结构应该分成四一("鹤巢松树——遍,人访荜门——稀")。元稹《遣行》"寻觅诗章在,思量岁月惊",按语法结构也应该分成四一("寻觅诗章——在,思量岁月——惊")。这种结构是违反诗词节奏三字尾的情况的。

在节奏单位和语法结构发生矛盾的时候,矛盾的主要方面是语法结构。事实上,诗人们也是这样解决了矛盾的。

当诗人们吟哦的时候,仍旧按照三字尾的节奏来吟哦,但并不改变语法结构来迁就三字尾。

节奏单位和语法结构的一致是常例，不一致是变例。我们把常例和变例区别开来，节奏的问题也就看清楚了。

(二)词的特殊节奏

词谱中有着大量的律句，这些律句的节奏自然是和诗的节奏一样的。但是，词在节奏上有它的特点，那就是那些非律句的节奏。

在词谱中，有些五字句无论按语法结构说或按平仄说，都应该认为一字豆加四字句（参看上文第三章第二节）。特别是后面跟着对仗，四字句的性质更为明显。试看毛主席《沁园春·长沙》："看万山红遍，层林尽染；漫江碧透，百舸争流。"又试看毛主席《沁园春·雪》："望长城内外，惟馀莽莽；大河上下，顿失滔滔。"按四字句，应该是一三不论，第一字和第三字可平可仄，所以"万"字仄而"长"字平，"红"字平而"内"字仄。这里不能按律诗的五字句来分析，因为这是词的节奏特点。所以当我们分析节奏的时候，对这一种句子应该分析成为"仄——㊉平——㊃仄"，而于具体的词句则分析成为"看——万山——红遍"，"望——长城——内外"。这样，节奏单位和语法结构还是完全一致的。

毛主席《沁园春·长沙》后阕："恰同学少年，风华正茂；书生意气，挥斥方遒。"也有类似的情况。按词谱，"同学少年"应是㊉平㊃仄，现在用了㊃仄㊉平是变通。从"恰同学少年"这个五字句来说，并不犯孤平，因为这是一字豆加四字句，不能看成是五字律句。

　　不用对仗的地方也可以有这种五字句。仍以《沁园春》为例。毛主席《沁园春·长沙》前阕："问苍茫大地，谁主沉浮？"后阕："到中流击水，浪遏飞舟。"《沁园春·雪》前阕："看红装素裹，分外妖娆。"后阕："数风流人物，还看今朝。"其中的五字句，无论按语法结构或者是按平仄，都是一字豆加四字句。"大"、"击"、"素"、"人"都落在四字句的第三字上，所以不拘平仄。

　　五字句也可以是上三下二，平仄也按三字句加二字句。例如张元幹《石州慢》前阕末句"倚危樯清绝"，后阕末句"泣孤臣吴越"，它的节奏是"仄平平——平仄"。

　　四字句也可以是一字豆加三字句，例如张孝祥《六州歌头》："念腰间箭，匣中剑，空埃蠹，竟何成！"其中的"念腰间箭"就是这种情况。

　　七字句也可以是上三下四，例如辛弃疾《摸鱼儿》："更能消几番风雨？"又如辛弃疾《太常引》："人道是清光更多[①]。"

　　八字句往往是上三下五，九字句往往是上三下六，或上四下五，十一字句往往是上五下六，或上四下七，这些都在上文谈过了。值得注意的是语法结构和节奏单位的一致性。

[①]　这是一个拗句，这里不详细讨论。

在这一类的情况下,词谱是先有句型,后有平仄规则的。例如《沁园春》末两句,在陆游词中是"有渔翁共醉,溪友为邻",这个句型就是一个一字豆加两个四字句,然后规定这两句的节奏是"仄——㊀平㊀仄,㊀仄平平"。又如《沁园春》后阕第二句,在陆游词中是"又岂料而今馀此身",这个句型是上三下五,然后规定它的节奏是"仄㊀仄——平平㊀仄平"。在这里,语法结构对词的节奏是起决定作用的。

第二节　诗词的语法特点

由于文体的不同,诗词的语法和散文的语法不是完全一样的。律诗为字数及平仄规则所制约,要求在语法上比较自由;词既以律句为主,它的语法也和律诗差不多。这种语法上的自由,不但不妨碍读者的了解,而且有时候还在一定程度上增加艺术效果。

关于诗词的语法特点,这里也不必详细讨论,只拣重要的几点谈一谈。

(一)不完全句

本来,散文中也有一些不完全的句子,但那是个别情况。在诗词中,不完全句则是经常出现的。诗词是最精炼的语言,要在短短的几十个字中,表现出尺幅千里的画面,所以有许多句子的结构就非压缩不可。所谓不完全句,一般指没有谓语,或谓语不全的句子。最明显的不完全句是所谓名词句。一个名词性的词组,就算一句话。例如杜甫的《春日忆李白》中两联:

　　清新庚开府,俊逸鲍参军。

　　渭北春天树,江东日暮云。

若依散文的语法看,这四句话是不完整的,但是诗人的意思已经完全表达出来了。李白的诗,清新得像庾信的诗一样,俊逸得像鲍照的诗一样。当时杜甫在渭北(长安),李白在江东,杜甫看见了暮云春树,触景生情,就引起了甜蜜的友谊的回忆来。这个意思不是很清楚吗? 假如增加一些字,反而令人感到是多余的了。

　　崔颢《黄鹤楼》:"晴川历历汉阳树,芳草萋萋鹦鹉洲。"这里有四层意思:"晴川历历"是一个句子,"芳草萋萋"是一个句子,"汉阳树"与"鹦鹉洲"则不成为句子。但是,汉阳树和晴川的关系,芳草和鹦鹉洲的关系,却是表达出来了。因为晴川历历,所以汉阳树更看得清楚了;因为芳草萋萋,所以鹦鹉洲更加美丽了。

　　杜甫《月夜》:"香雾云鬟湿,清辉玉臂寒。"这里也有四层意思:"云鬟湿"是一个句子形式,"玉臂寒"是一个句子形式,"香雾"和"清辉"则不成为句子形式。但是,香雾和云鬟的关系,清辉和玉臂的关系,却是很清楚了。杜甫怀念妻子,想象她在鄜州独自一个人观看中秋的明月,在乱离中怀念丈夫,深夜还不睡觉,云鬟为露水所侵,已经湿了,有似香雾;玉臂为明月的清辉所照,越来越感到寒冷了。

　　有时候,表面上好像有主语,有动词,有宾语,其实仍是不完全句。如苏轼《新城道中》:"岭上晴云披絮帽,树头初日挂铜钲。"这不是两个意思,而是四个意思。"云"并不是"披"的主语,"日"也不是"挂"的主语。岭上积聚了晴云,好像披上了絮帽;树头初升起了太阳,好像挂上了铜钲。毛主席所写的《忆秦娥·娄山关》:"西风烈,长空雁叫霜晨月。""月"并不是"叫"的宾语。西风、雁、霜晨月,这是三层意思,这三件事形成了浓重的气氛。长空雁叫,是在霜晨月的景况下叫的。

　　有时候,副词不一定要像在散文中那样修饰动词。例如毛主席《沁园春·长沙》里说:"恰同学少年,风华正茂;书生意气,挥斥方遒。""恰"字是副词,后面没有紧跟着动词。又如《菩萨蛮》(大柏地)里说:"雨后复斜阳,关山阵阵苍。""复"字是副词,也没有修饰动词。

　　应当指出,所谓不完全句,只是从语法上去分析的。我们不能认为诗人们有意识地造成不完全句。诗的语言本来就像一幅幅的画面,很难机械地从语法结构上去理解它。这里只想强调一点,就是诗的语言要比散文的语言精炼得多。

（二）语序的变换

在诗词中，为了适应声律的要求，在不损害原意的原则下，诗人们可以对语序作适当的变换。现在举出毛主席诗词中的几个例子来讨论。

七律《送瘟神》第二首："春风杨柳万千条，六亿神州尽舜尧。"第二句的意思是中国（神州）六亿人民都是尧舜。依平仄规则是"仄仄平平仄仄平"，所以"六亿"放在第一二两字，"神州"放在第三四两字，"尧舜"说成"舜尧"。"尧"字放在句末，还有押韵的原因。

《浣溪沙·1950年国庆观剧》后阕第一句"一唱雄鸡天下白"，是"雄鸡一唱天下白"的意思。依平仄规则是"仄仄平平平仄仄"，所以"一唱"放在第一二两字，"雄鸡"放在第三四两字。

《西江月·井岗山》后阕第一二两句："早已森严壁垒，更加众志成城。""壁垒森严"和"众志成城"都是成语，但是，由于第一句应该是"仄仄平平仄仄"，所以"森严"放在第三四两字，"壁垒"放在第五六两字。

《浪淘沙·北戴河》最后两句："萧瑟秋风今又是，换了人间！"曹操《观沧海》原诗的句子是："秋风萧瑟，洪波涌起。"依《浪淘沙》的规则，这两句的平仄应该是"仄仄平平平仄仄，仄仄平平"，所以"萧瑟"放在第一二两字，"秋风"放在第三四两字。

　　语序的变换,有时也不能单纯了解为适应声律的要求。它还有积极的意义,那就是增加诗味,使句子成为诗的语言。杜甫《秋兴》(第八首)"香稻啄馀鹦鹉粒,碧梧栖老凤皇枝",有人以为就是"鹦鹉啄馀香稻粒,凤皇栖老碧梧枝"。那是不对的。"香稻"、"碧梧"放在前面,表示诗人所咏的是香稻和碧梧,如果把"鹦鹉""凤皇"挪到前面去,诗人所咏的对象就变为鹦鹉与凤皇,不合秋兴的题目了。又如杜甫《曲江》(第一首)"且看欲尽花经眼,莫厌伤多酒入唇",上句"经眼"二字好像是多余的,下句"伤多"(感伤很多)似应放在"莫厌"的前面,如果真按这样去修改,即使平仄不失调,也是诗味索然的。这些地方,如果按照散文的语法来要求,那就是不懂诗词的艺术了。

(三)对仗上的语法问题

　　诗词的对仗,出句和对句常常是同一句型的。例如:

　　王维《使至塞上》:"征蓬出汉塞,归雁入胡天。"主语是名词前面加上动词定语,动词是单音词,宾语是名词前面加上专名定语。

　　毛主席《送瘟神》:"红雨随心翻作浪,青山着意化为桥。"主语是颜色修饰的名词,"随心"、"着意"这两个动宾结构用作状语,用它们来修饰动词"翻"和"化",动词后面有补语"作浪"和"为桥"。

　　语法结构相同的句子(即同句型的句子)相为对仗,这是正格。但是我们同时应该注意到：诗词的对仗还有另一种情况，就是只要求字面相对，而不要求句型相同。例如：

杜甫《八阵图》："功盖三分国，名成八阵图。""三分国"是"盖"的直接宾语，"八阵图"却不是"成"的直接宾语。

韩愈《精卫填海》："口衔山石细，心望海波平。""细"字是修饰语后置，"山石细"等于"细山石"；对句则是一个递系句："心里希望海波变为平静。"我们可以倒过来说"口衔细的山石"，但不能说"心望平的海波"。

毛主席的七律《赠柳亚子先生》："牢骚太盛防肠断，风物长宜放眼量。""太盛"是连上读的，它是"牢骚"的谓语；"长宜"是连下读的，它是"放眼量"的状语。"肠断"连念，是"防"的宾语；"放眼"连念，是"量"的状语，二者的语法结构也不相同。

由上面一些例子看来，可见对仗是不能太拘泥于句型相同的。一切形式要服从于思想内容，对仗的句型也不能例外。

（四）炼　句

炼句是修辞问题，同时也常常是语法问题。诗人们最讲究炼句；把一个句子炼好了，全诗为之生色不少。

炼句，常常也就是炼字。就一般说，诗句中最重要的一个字就是谓语的中心词（称为"谓词"）。把这个中心词炼好了，这是所谓一字千金，诗句就变为生动的、形象的了。著名的"推敲"的故事正是说明这个道理的。相传贾岛在驴背上得句:"鸟宿池边树,僧敲月下门。"他想用"推"字,又想用"敲"字,犹豫不决,用手作推敲的样子,不知不觉地冲撞了京兆尹韩愈的前导,韩愈问明白了,就替他决定了用"敲"字。这个"敲"字,也正是谓语的中心词。

谓语中心词,一般是用动词充当的。因此,炼字往往也就是炼动词。现在试举一些例子来证明。

李白《塞下曲》第一首:"晓战随金鼓,宵眠抱玉鞍。""随"和"抱"这两个字都炼得很好。鼓是进军的信号,所以只有"随"字最合适。"宵眠抱玉鞍"要比"伴玉鞍"、"傍玉鞍"等等说法好得多,因为只有"抱"字才能显示出枕戈待旦的紧张情况。

杜甫《春望》第三四两句:"感时花溅泪,恨别鸟惊心。""溅"和"惊"都是炼字。它们都是使动词:花使泪溅,鸟使心惊。春来了,鸟语花香,本来应该欢笑愉快;现在由于国家遭逢丧乱,一家流离分散,花香鸟语只能使诗人溅泪惊心罢了。

毛主席《菩萨蛮·黄鹤楼》第三四两句:"烟雨莽苍苍,龟蛇锁大江。""锁"字是炼字。一个"锁"字,把龟蛇二山在形势上的重要地位充分地显示出来了,而且非常形象。假使换成"夹大江"之类,那就味同嚼蜡了。

毛主席《清平乐·六盘山》后阕第一二两句:"六盘山上高峰,红旗漫卷西风。""卷"字是炼字。用"卷"字来形容红旗迎风飘扬,就显示了红旗是革命战斗力量的象征。

毛主席《沁园春·雪》第八九两句:"山舞银蛇,原驰蜡象。""舞"和"驰"是炼字。本来是以银蛇形容雪后的山,蜡象形容雪后的高原,现在说成"山舞银蛇,原驰蜡象",静态变为动态,就变成了诗的语言。"舞"和"驰"放到蛇和象的前面去,就使生动的形象更加突出。

毛主席的七律《长征》第三四两句:"五岭逶迤腾细浪,乌蒙磅礴走泥丸。""腾"和"走"是炼字。从语法上说,这两句也是倒装句,本来说的是细浪翻腾、泥丸滚动,说成"腾细浪"、"走泥丸"就更加苍劲有力。红军不怕远征难的革命气概被毛主席用恰当的比喻描画得十分传神。

形容词和名词,当它们被用作动词的时候,也往往是炼字。

杜甫《恨别》第三四两句:"草木变衰行剑外,干戈阻绝老江边。""老"字是形容词当动词用。诗人从爱国主义的情感出发,慨叹国乱未平,家人分散,自己垂老滞留锦江边上。这里只用一个"老"字就充分表达了这种浓厚的情感。

毛主席《沁园春·长沙》后阕第七、八、九句:"指点江山,激扬文字,粪土当年万户侯。""粪土"二字是名词当动词用。毛主席把当年的万户侯看成粪土不如,这是蔑视阶级敌人的革命气概。"粪土"二字不但用得恰当,而且用得简炼。

形容词即使不用作动词,有时也有炼字的作用。王维《观猎》第三四两句:"草枯鹰眼疾,雪尽马蹄轻。"这两句话共有四个句子形式,"枯"、"疾"、"尽"、"轻",都是谓语。但是,"枯"与"尽"是平常的谓语,而"疾"与"轻"是炼字。草枯

以后,鹰的眼睛看得更清楚了,诗人不说看得清楚,而说
"快"(疾),"快"比"清楚"更形象。雪尽以后,马蹄走得更快
了,诗人不说快,而说"轻","轻"比"快"又更形象。

　　以上所述,凡涉及省略(不完全句),涉及语序(包括倒
装句),涉及词性的变化,涉及句型的比较等等,也都关系到
语法问题。古代虽没有明确地规定语法这个学科,但是诗
人们在创作实践中经常地接触到许多语法问题,而且实际
上处理得很好。我们今天也应该从语法角度去了解旧体诗
词,然后我们的了解才是全面的。

结　　语

　　任何规则都有它的灵活性,诗词的格律也不能是例外。处处拘泥格律,反而损害了诗的意境,同时也降低了艺术。格律是为我们服务的;我们不能反过来成为格律的奴隶,我们不能让思想内容去迁就格律。杜甫的律诗总算是严格遵照格律的了,但是他的七律《白帝》开头两句是:"白帝城中云出门,白帝城下雨翻盆。"第二句第一二两字本该用"平平"的,现在用了"仄仄"。诗人有意把白帝城中跟白帝城下(城外)迥不相同的天气作一个对比,比喻城中的老爷们是享福的,城外的老百姓是受灾受难的①。我们试想想看:诗人能把第二句的"白帝"换成别的字眼来损害这个诗意吗?

　　在这一点上,毛主席的诗词也是我们的典范。按《沁园春》的词谱,前阕第九句和后阕第八句都应该是平平仄仄,毛主席的《长沙》前阕的"鱼翔浅底",后阕的"激扬文字",以及《雪》前阕的"原驰蜡象",都是按照这个平仄来填的;但是

---

①　下面的六句是:"高江急峡雷霆斗,翠木苍藤日月昏。戎马不如归马逸,千家今有百家存。哀哀寡妇诛求尽,恸哭秋原何处村!"

《雪》后阕的"成吉思汗"，其中的"吉"字却是仄声（入声），"汗"字却是平声（读如"寒"）。这四个字是人名，是一个整体，何必再拘泥平仄？再说，"成吉思汗"是一个译名，它在蒙古语里又何尝有平仄呢？再举毛主席的《念奴娇·昆仑》为例。依照词谱，《念奴娇》后阕第五、六、七句应该是仄仄平平，平平仄仄，仄仄平平仄，但是毛主席写的是："一截遗欧，一截赠美，一截还东国。"既然要叠用三个"一截"才能很好地表现诗意，那就不妨略为突破形式。

　　毛主席的诗词，一方面表现出毛主席精于格律，另一方面也表现出他并不拘守格律。但是，假如我们学写旧体诗词，就应该以格律为准绳，而不能以突破束缚为借口，完全不讲韵律和平仄。如果写出一种没有格律的"律诗"，那就名实不符了。词的平仄本来比诗的平仄更严，如果一首词没有按照平仄的规则来写，就不成其为词了。旧体诗词的好处在它的音韵优美，而不在于字数的固定。假如只知道凑足字数，而置音韵于不顾，那就是买椟还珠，写旧体诗词变为毫无意义的事了。因此，我们必须力求做到革命的政治内容和尽可能完美的艺术形式统一起来。格律本来是适应艺术的要求而产生的，我们先要熟谙格律，从而才能做到得心应手地驱遣格律，而不为格律所束缚。

附录一　诗韵举要

所收的字大致以杜甫诗集中所用的字为标准,此外酌收一些杜诗中未出现的常用字。一字收入两韵以上者,注明它在某韵中的意义。如果是同义的,则注"某韵同"。通用字,异体字也择要加括号注明。

(一)上平声

【一东】　东同童僮铜桐峒筒瞳中(中间)衷忠虫冲终忡崇嵩(崧)戎狨弓躬宫融雄熊穹穷冯风枫豐酆充隆空(空虚)公功工攻蒙濛朦幪笼(名词,董韵同,又动词,独用)胧聋栊龙昽洪红虹鸿丛翁忽葱聪骢通棕蓬

【二冬】　冬肜农宗锺钟龙春松衝容溶庸蓉封胸凶汹兇匈雍(和也)浓重(重复,层)从(随从、顺从)逢缝(缝纫)峰锋丰蜂烽纵(纵横)踪茸邛筇慵恭供(供给)

【三江】　江缸窗邦降(降伏)双泷庞舡撞(绛韵同)

【四支】　支枝移为(施为)垂吹(吹嘘)陂碑奇宜仪皮儿离施知驰池规危夷师姿迟龟眉悲之芝时诗棋旗辞词期祠基疑姬

丝司葵医帷思（动词）滋持随痴维卮螭麾墀弥慈遗（遗失）肌脂雌披嬉尸狸炊湄篱兹差（参差）疲茨卑亏蕤骑（跨马）歧岐谁斯私窥熙欺疵赀羁彝髭颐资縻饥衰锥姨夔祇湝（佳麻韵同）伊追缁箕治（治理，动词）尼而推（灰韵同）麇绥羲嬴其淇麒祁崎骐锤罹罹漓鹂璃骊狝罴貔仳琵枇屎鸬栀匙蚩篪绤鸥跏嗤隋虽睢咨淄鹚瓷葰惟唯厮澌缌逶迤貽裨庳丕嵋郿劓蠡（瓠勺，齐韵同）氂痍猗椅（音漪，木名）

【五微】　微薇晖辉徽挥韦围帏违闱霏菲（芳菲）妃飞非扉肥威祈旂畿机幾（微也，如见幾）稀希衣（衣服）依归苇饑矶欷

【六鱼】　鱼渔初书舒居裾车（麻韵同）渠余予（我也）誉（动词）舆徐胥狙耡（钽、锄）疏（疏密）疎（同疏）蔬梳虚嘘徐猪闾庐驴诸除如墟于畬淤好玙蜍储苴蒩沮龃龉据（拮据）鸲蕖歔茹（茅茹）洳摅榈

【七虞】　虞愚娱隅刍无芜巫于衢儒濡襦鬚株蛛诛殊铢瑜榆愉谀腴区驱躯朱珠趋扶凫雏敷夫肤纡输枢厨俱驹模谟蒲胡湖瑚乎壶狐弧孤辜姑菰徒途涂荼图屠奴吾梧吴租卢鲈炉芦苏乌汙（汙秽）枯粗都茱侏徂樗蹰拘劬岖鸲芙苻符廊桴俘须臾缥濡瓠蝴糊鄠醐餬呼泒酤泸舻轳鸹鸨孥逋匍葡铺殳酥菟洿诬呜鼯逾（踰）禺萸竽雩渝貐揄氍

【八齐】　齐黎藜犁梨妻（夫妻）萋凄悽隄低题提蹄啼鸡稽兮倪霓（蜺）西栖犀嘶梯鼙蒥赍迷泥（泥土）溪圭闺携畦稖跻鹥脐奚醯蹊鹥螇（支韵同）醍鹈珪暌。

【九佳】　佳＊街鞋牌柴钗差（差使）崖涯＊（支麻韵同）偕阶皆谐骸排乖怀淮槐（灰韵同）豺侪埋霾斋娲＊蜗＊蛙＊

(有＊号的字，词韵属第十部；其余属第五部。)

【十灰】　灰恢魁隈回徘(音裴)徊(音回)槐(音回,佳韵同)梅枚媒煤雷罍隤(頹)催摧堆陪杯醅嵬推(支韵同)迴嵬頦诙裴培崔巍＊开＊哀＊埃＊臺＊苔＊该＊才＊材＊财＊裁＊来＊莱＊栽＊哉＊灾＊猜＊孩＊骏＊腮＊

(有＊号的字，词韵属第五部；其余属第三部。)

【十一真】　真因茵辛新薪晨辰臣人仁神亲申身宾滨邻鳞麟珍瞋尘陈春津秦频蘋蓁银垠筠巾囷民岷贫蓁淳醇纯唇伦纶轮沦匀旬巡驯钧均榛遵循甄宸郴椿鹑嶙辚磷骈泯(轸韵同)缗邠顿诜觥呻伸绅湣寅夤姻荀询峋鮪恂逡嫔皴

【十二文】　文闻纹蚊雲分(分离)纷芬焚坟群裙君军勤斤筋勋熏曛醺云芹欣芸耘沄氲殷汶阌氛溃汾

【十三元】　元＊原＊源＊鼋＊园＊猿＊垣＊烦＊蕃＊樊＊喧＊萱＊喧＊冤＊言＊轩＊藩＊魂袁＊沅＊援＊辕＊番＊繁＊翻＊幡＊璠＊壎＊(埙)骞＊鸳＊鹓＊浑温孙门尊樽(罇)存敦蹲噋豚村屯盆奔论(动词)昏痕根恩吞荪扪

(有＊号的字，词韵属第七部；其余属第六部。)

【十四寒】　寒韩翰(羽翮)丹单安鞍难(艰难)餐檀坛滩弹残干肝竿乾(乾湿)阑栏澜兰看(翰韵同)丸完桓纨端湍酸团攒官棺观(观看)冠(衣冠)鸾銮峦欢(驩)宽盘蟠漫(水大貌)叹(翰韵同)邯郸摊玕拦磻珊狻

【十五删】　删潸关弯湾还环鬟寰班斑蛮颜奸(奸)攀顽山閒艰闲间(中间)悭患(谏韵同)孱潺

（二）下平声

【一先】　先前千阡笺天坚肩贤绞弦烟燕（国名）莲怜田填年
颠巅牵妍眠渊涓边编悬泉迁仙鲜（新鲜）钱煎然延筵毡氊蝉
缠连联篇偏扁（扁舟）绵全宣镌穿川缘鸢捐旋（回旋）娟船涎
鞭铨专圆员乾（乾坤）虔愆权拳椽传（传授）焉鞯褰搴汧鬈铅
舷趼鹃躅筌痊诠悛遭鸇羬鳣禅（参禅，逃禅）婵单（单于）躔
颛燃涟琏便（安也）翩梗骈癫阗畋钿（霰韵同）沿蜒腾

【二萧】　萧箫挑（挑担）貂刁凋雕彫鹏迢条髫跳苕调（调和）
枭浇聊辽寥撩寮僚尧宵消霄绡销超朝潮嚣骄娇焦燋椒饶桡
烧（焚烧）遥徭摇谣瑶韶昭招镳瓢苗猫腰桥乔妖飘逍潇鸮骁
鹩桃鹪鹩缭獠嘹夭（夭夭）幺邀要（要求，要盟）飙姚樵侨颡
标飙嫖漂（漂浮）剽徼（徼幸）

【三肴】　肴巢交郊茅嘲钞包胶爻苞梢蛟教（使也）庖匏坳敲
胞抛鲛崤咆鲛鞘抄螯咆哮

【四豪】　豪毫操（操持）髦條刀萄猱褒桃糟旄袍挠（巧韵同）
蒿涛皋号（号呼）陶鼗曹遭羔高嘈搔毛滔骚韬缫膏牢醪逃劳
（劳苦）濠壕舠饕洮淘叨咷篙熬遨翱嗷臊

【五歌】　歌多罗河戈阿和（平和）波科柯陀娥蛾鹅萝荷
（荷花）何过（经过，箇韵同）磨螺禾珂蓑婆坡呵哥轲（孟
轲）沱鼍拖驼跎柁（舵，哿韵同）佗（他）颇（偏颇）峨俄摩么婆
莎迦靴猗

【六麻】　麻花霞家茶华沙车（鱼韵同）牙蛇瓜斜邪芽嘉瑕纱

鸦遮叉奢涯（支佳韵同）夸巴耶嗟遐加笳赊槎（查）差（差错）
楂权蟆骅虾葭袈裟砂衙枒呀琶杷

【七阳】 阳杨扬香乡光昌堂章张王（帝王）房芳长（长短）塘
妆常凉霜藏（收藏）场央鸯秧狼床方浆觞梁娘庄黄仓皇装殇
襄骧相（互相）湘箱创（创伤）亡忘芒望（观望，漾韵同）尝偿
樯坊囊郎唐狂强（刚强）肠康冈苍匡荒徨行（行列）妨棠翔良
航疆粮穰将（送也，持也）墙桑刚祥详洋梁量（衡量，动词）羊
伤汤彰璋猖商防筐煌凰徨纲茫臧裳昂丧（丧葬）漳嫜闾螳蒋
（菇蒋）韁僵羌枪抢（突也）锵疮杭鲂肓篁簧惶璜隍攘瓤亢廊
阆浪（沧浪）琅梁邙旁滂傍（侧也）骦当（应当）珰糖沧鸧怔飏
泱殃戗佯

【八庚】 庚更（更改）羹盲横（纵横）觥彭亨英烹平评京惊荆
明盟鸣荣莹（径韵同）兵兄卿生甥笙牲擎鲸迎行（行走）衡耕
萌氓罂宏茎罃莺樱泓橙争筝清情晴精睛菁晶旌盈楹瀛嬴赢
营婴缨贞成盛（盛受）城诚呈程声征正（正月）轻名令（使令）
并（交并）倾萦琼峥撑嵘鹏秔坑铿瞏鹦勍

【九青】 青经泾形刑型陉亭庭廷霆蜓停丁仃馨星腥醒（迥
韵同）俜灵龄玲伶零听（聆听，径韵同）汀冥溟铭瓶屏萍荧萤
荥扃垌鹡蜻砱苓舲聆鸰瓴翎娉婷宁暝瞑

【十蒸】 蒸烝承丞惩澄（澂）陵凌绫菱冰膺鹰应（应当）蝇绳
渑（音绳，水名）乘（驾乘，动词）昇升胜（胜任）兴（兴起）缯凭
凭（径韵同）仍兢矜徵（徵求）称（称赞）登灯（镫）僧增曾憎缯
层能朋鹏肱薨腾藤恒棱罾崩塍滕嶒增姮

【十一尤】 尤邮优忧流旒留骝刘由游遊猷悠攸牛修脩羞秋

周州洲舟酬雠柔俦畴筹稠邱抽瘳遒收鸠搜（蒐）驺愁休囚求
裘仇浮谋牟眸侔矛侯喉猴讴鸥楼陬偷头投钩沟幽虬缪啾鹜
鞧楸蚯赒踌裯惆餱揉勾韝娄琉疣犹邹兜呦售（宥韵同）

【十二侵】　侵寻浔临林霖针（鍼）箴斟沉砧（碪）深淫心琴
禽擒钦衾吟今襟（衿）金音阴岑簪（覃韵同）壬任（负荷）歆
森禁（力能胜任）褽骎嵚参（音深，星名，又音岑的阴平，参
差）琛涔

【十三覃】　覃潭参（参拜，参考）骖南柟男谙庵含涵函（包
函）岚蚕探贪耽龛堪谈甘三（数目）酣柑惭蓝担（动词）簪（侵
韵同）

【十四盐】　盐檐（簷）廉帘嫌严占（占卜）髯谦佥纤签瞻蟾炎
添兼缣霑（沾）尖潜阎镰襜黏淹箝甜恬拈砭鹣詹兼歼黔钤

【十五咸】　咸鹹函（书函）缄岩谗衔帆衫杉监（监察）凡馋芟
搀巉镵喊

（三）上　声

（注意：许多上声字现在都读成去声。）

【一董】　董动孔总笼（名词，东韵同）颂桶洞（颂洞）
【二肿】　肿種（種子）踵宠垄（陇）拥壅冗重（轻重）冢奉捧勇
涌（湧）踊（蹯）恐拱竦悚耸栱
【三讲】　讲港棒蚌项
【四纸】　纸只咫是靡彼毁燬委诡髓累（积累）妓绮揣此蕊徙
尔弭婢侈弛豕紫旨指视美否（臧否，否泰）儿几姊比（比较）
水轨止市徵（角徵）喜己纪跪技蚁（螘）鄙垒子梓矢雉死履被

（寝衣）垒癸趾以已似秕祀史使（使令）耳里理裏李起杞跂士仕俟始齿矣耻麂枳址峕玺鲤迤氏妣驶已滓苢倚七跬

【五尾】 尾荟鬼岂卉（未韵同）几（几多）伟斐菲（菲薄）匪篚

【六语】 语（言语）圉吕侣旅杼伫与（给予）予（赐予）渚煮汝茹（食也）署鼠黍杵处（居住，处理）贮女许拒炬所楚阻俎沮叙绪序屿墅巨宁褚础苣举讵榉粔淑禦籞去（除也）

【七麌】 麌雨宇舞府鼓虎古股贾（商贾）蛊土吐（遇韵同）圃庾户树（种植，动词）煦诩努辅组乳弩补鲁橹觑腐数（动词）簿五竖普侮斧聚午伍釜缕部柱矩武苦取抚浦主杜坞祖愈堵扈父甫怒（遇韵同）禹羽腑俯（俛）罟估赌卤姥鹉偻挂莽（养韵同）

【八荠】 荠礼体米启陛洗邸底坻弟骶柢涕（霁韵同）悌济（水名）澧醴蠡（范蠡，彭蠡）祢棨诋觝眯

【九蟹】 蟹解灑楷獬澥枴矮

【十贿】 贿悔改*采*採*彩*綵*海在*（存在）罪宰*醢*馁铠*恺*待*殆*怠*倍乃*每载*（载运）

（有 * 号的字，词韵属第五部；其余属第三部。）

【十一轸】 轸敏允引尹尽忍準隼笋盾（阮韵同）闵悯泯（真韵同）蚓牝殒紧蠢陨愍矧哂朕（朕兆）

【十二吻】 吻粉蕴愤隐谨近（远近）忿（问韵同）

【十三阮】 阮*远*（远近）晚*苑*返*阪*饭*（动词）偃*蹇*（铣韵同）鄾*蠥*琬*混本反损衮遁（遯，愿韵同）稳盾（轸韵同）

（有 * 号的字，词韵属第七部；其余属第六部。）

【十四旱】　旱暖管琯满短馆（翰韵同）缓盌（翰韵同）盌懒纏（伞）卵（旰韵同）散（散布）伴诞罕瀚（浣）断（断绝）侃算（动词）欵但坦祖纂

【十五潸】　潸眼简版琖（盏）产限栈（谏韵同）绾（谏韵同）柬拣板

【十六铣】　铣善（善恶）遣浅典转（自转，不及物动词）衍犬选冕辇免展茧辩辨篆勉翦（剪）卷（同捲）显饯（霰韵同）眄（霰韵同）喘藓软寋（阮韵同）演兖件腆鲜（少也）跣缅沔湎（音缅，湎池）繾绻靦殄扁（不正圆，又扁额）单（音善，姓也，又单父，县名）

【十七篠】　篠小表鸟了晓少（多少）扰绕遶绍杪沼眇矫皎皦杳窈窕袅（裊）挑（挑引）掉（啸韵同）肇缥缈渺森茑嫋赵兆旐缭缭朓窅夭（夭折）悄

【十八巧】　巧饱卯狡爪鲍挠（豪韵同）搅绞拗咬炒

【十九皓】　皓宝藻早枣老好（好丑）道稻造（造作）脑恼岛倒（仆也）祷（号韵同）擣（捣）抱讨考燥扫（号韵同）嫂保鸨槁草昊浩镐颢杲缟槀堡皂磱

【二十哿】　哿火舸軻柁（歌韵同）我娜荷（负荷）可坷左果裹朵锁（鏁）琐堕惰妥坐（坐立）裸跛颇（稍也）夥颗祸卵（旱韵同）

【廿一马】　马下（上下）者野雅瓦寡社写泻（祃韵同）夏（华夏）也把贾（姓贾）假（真假）捨（舍）厦惹冶且

【廿二养】　养像象仰朗桨奖敞氅枉颡强（勉强）盥惘两曩杖响掌党想榜爽广享丈仗（漾韵同）幌莽（麌韵同）纺长（长幼）

上（升也）网荡壤赏倣（仿）罔蒋（姓蒋）橡慷漭谠傥往魍魉鞅

【二十三梗】 梗影景井岭境警请饼永骋逞颖顷整静省幸颈
郢猛丙炳杏秉耿矿颍鲠领冷靖

【二十四迥】 迥炯挺梃艇醒（青韵同）酩酊並等鼎顶泂肯拯
铤

【二十五有】 有酒首口母*後柳友妇*斗狗久负*厚手守
右否*（是否）丑受牖偶阜*九后垢数吼帚（箒）垢歃*舅纽
藕朽臼肘韭剖诱牡*缶*酉苟丑灸笱扣（叩）塿某*莠寿（宥
韵同）绶叟

（有*号的字，在词韵中兼入麌韵。）

【二十六寝】 寝饮（饮食）锦品枕（衾枕）审甚（沁韵同）廪衽
（袵）稔沈凛懔朕（我也）荏

【二十七感】 感览揽胆澹（淡，勘韵同）噉（啖）坎惨（憯）敢
颔撼毯黪糁湛

【二十八俭】 俭焰敛（艳韵同）险检脸染掩点簟贬冉苒陕谄
忝（艳韵同）俨闪剡琰奄歉荟崭

【二十九豏】 嗛槛范减舰犯湛斩黯范

（四）去 声

【一送】 送梦凤洞（岩洞）众瓮贡弄冻痛栋仲中（射中，击
中）粽讽恸鞚空（空缺）控

【二宋】 宋用颂诵统纵（放纵）讼种（種植）综俸共供（供设，
名词）从（仆从）缝（隙也）雍（州名）重（再也）

【三绛】　绛降(升降)巷撞(江韵同)

【四寘】　寘置事地志治(治安,太平)思(名词)泪吏赐自字义利器位戏至次累(连累)伪为(因为)寺瑞智记异致备肆翠骑(车骑,名词)使(使者)试类弃饵媚鼻易(容易)辔坠醉议翅避笥帜粹侍谊帅(将帅)厕寄睡忌贰萃穗二臂嗣吹(鼓吹,名词)遂恣四骥季刺驷泗寐魅积(储蓄)食(以食食人)被芰懿觊冀愧匮馈(馈)庇洎暨墜概质(抵押)豉柜篑痢腻被(覆也)祕比(近也)鸷岗啻示嗜饲伺遗(馈遗)意薏崇值识(音志,记也,又标识)

【五未】　未味气贵费沸尉畏慰蔚魏纬胃渭彚谓讳卉(尾韵同)毅既衣(著衣)蜵

【六御】　御处(处所)去(来去)虑誉(名词)署据驭曙助絮著(显著)豫箸恕与(参与)遽疏(书疏)庶预语(告也)踞蒢饫

【七遇】　遇路辂赂露鹭树(树木)度(制度)渡赋布步固素具数(数量)怒(麌韵同)务雾骛鹜附兔故顾句墓暮慕募注驻祚裕误悟痼住戍库护屦诉蠹妒惧趣娶铸绔(袴)傅付谕喻妪芋捕哺互孺寓吐(麌韵同)赴冱孺汙(动词)恶(憎恶)忤晤

【八霁】　霁制计势世丽岁济(渡也)第艺惠慧币砌滞际厉涕(荠韵同)契(契约)弊毙帝蔽敝髻锐戾裔袂繫祭卫隶闭逝缀翳製替细桂税壻例誓筮蕙诣砺励瘗噬继脆叡(睿)毳渗曳蒂睨妻(以女妻人)递逮棣蓟廗係系彗嘒芮蜹薜荔唳掠粝泥(拘泥)篚薜缋筲睥睨

【九泰】　泰＊会带＊外＊盖＊大＊(箇韵同)斾濑＊赖＊籁＊蔡＊害＊最贝霭＊蔼＊沛艾＊丐＊奈＊柰＊绘脍(鲙)荟太＊

需狁汏[*]蕞[*]

（有 * 号的字，词韵属第五部；其余属第三部。）

【十卦】　卦[*]挂[*]懈廨隘卖画[*]（图画）派债怪坏诫戒界介芥械薤拜快迈话[*]败稗晒薑瘵玠

（有 * 号的字，词韵属第十部；其余属第五部。）

【十一队】　队内塞[*]（边塞）爱[*]辈佩代[*]退载[*]（年也）碎态[*]背秽菜[*]对废诲晦昧碍[*]戴[*]贷[*]配妹喙溃黛[*]吠概[*]岱[*]肺溉慨[*]耒块在[*]（所在）耐[*]鼐珮玳[*]（瑇）再[*]礁乂刈

（有 * 号的字，词韵属第五部；其余属第三部。）

【十二震】　震印进润阵镇刃顺慎鬓晋骏闰峻夐（衅）振俊（隽）舜吝烬讯仞迅趁檩揾仅觐信韧浚

【十三问】　问闻（名誉）运晕韵训粪忿（吻韵同）酝郡分（名分）紊汶愠近（动词）

【十四愿】　愿[*]论（名词）怨[*]恨万[*]饭[*]（名词）献[*]健[*]寸困顿遁（阮韵同）建[*]宪[*]劝[*]蔓[*]券[*]钝闷逊嫩溷远[*]（动词）侃[*]（衎）苑[*]（阮韵同）

（有 * 号的字，词韵属第七部；其余属第六部。）

【十五翰】　翰（翰墨）岸汉难（灾难）断（决断）乱叹（寒韵同）观（楼观）幹斡散（解散）旦算（名词）玩（翫）烂贯半案按炭汗赞攒漫（寒韵同，又副词独用）冠（冠军）灌爨窜幔粲灿换焕唤悍弹（名词）惮段看（寒韵同）判叛涣绊盥鹳幔畔锻腕惋馆（旱韵同）

【十六谏】　谏雁患（删韵同）涧间（间隔）宦晏慢盼豢栈（潸

韵同)惯串绽幻瓣苋卅办绾(潸韵同)

【十七霰】　霰殿面眄(铣韵同)县变箭战扇膳传(传记)见砚院练炼燕谳宴贱馔荐绢彦掾便(便利)眷孿线倦羡奠徧(遍)恋啭眩钏倩卞汴片禅(封禅)遣善(动词)溅饯(铣韵同)转(以力转动,及物动词)卷(书卷)甸钿(先韵同)电嚥旋(已而,副词)

【十八啸】　啸笑照庙窍妙诏召邵要(重要)曜耀(燿)调(音调)钓吊叫少(老少)眺诮料疗潦掉(篠韵同)峤徼(边徼)烧(野火)

【十九效】　效劲教(教训)貌校孝闹豹罩榷(棹)觉(寤也)较乐(喜爱)

【二十号】　号(号令,名号)帽报导祷(皓韵同)操(所守也)盗噪灶奥告(告诉)诰暴(强暴)好(喜好)到蹈劳(慰劳)傲耗躁造(造就)冒悼倒(颠倒)爆燥扫(皓韵同)

【二十一箇】　箇个贺佐大(泰韵同)饿过(经过,歌韵同,又过失,独用)和(唱和)挫课唾播座坐(行之反,又同座)破卧货涴簸轲(轗轲)

【二十二祃】　祃驾夜下(降也)谢榭罢夏(春秋)霸暇灞嫁赦藉(凭藉)假(借也,又休假)蔗炙(音蔗,炮火,名词)化舍(庐舍)价射骂稼架诈亚麝怕借泻(马韵同)卸帕

【二十三漾】　漾上(上下)望(观望,阳韵同,又名望,独用)相(卿相)将(将帅)状帐浪(波浪)唱让旷壮放向饷仗(养韵同)畅量(度量,数量,名词)葬匠障瘴谤尚涨饷样藏(库藏)舫访眖嶂当(适当)抗酿妄怆宕怅创(开创)酱况亮傍(依傍)

丧（丧失）恙王（王天下，霸王）旺

【二十四敬】　敬命正（正直）令（命令）政性镜盛（多也）行（品行）圣咏姓庆映病柄郑劲竞净竟孟诤獍更（更加）併（合併）聘横（横逆）

【二十五径】　径定罄磬应（答应）乘（车乘，名词）赠塍佞称（相称）邓莹（庚韵同）证孕兴（兴趣）剩（賸）凭（蒸韵同）迳甄听（聆也，青韵同，又听从，独用）胜（胜败）宁

【二十六宥】　宥候就授售（尤韵同）寿（有韵同）秀绣宿（星宿）奏富*兽鬥漏陋狩昼寇茂旧胄宙袖（褎）岫柚覆（盖也）救厩臭佑（祐）囿豆窦瘦漱咒究疚谬皱逅嗅遘溜镂逗透骤又幼读（句读）副*

　　（有*号的字，在词韵中兼入遇韵。）

【二十七沁】　沁饮（使饮）禁（禁令，宫禁）任（负担）荫浸僭谶枕（动词）甚（寝韵同）噤

【二十八勘】　勘暗（闇）滥啗（啖）担（名词）憾缆瞰暂三（再三）绀憨澹（感韵同）辖

【二十九艳】　艳（艷）剑念验赡堑店忝（俭韵同）占（占据）敛（聚敛，俭韵同）厌焰（俭韵同）垫欠僭酽潋滟玷（俭韵同）

【三十陷】　陷鉴监（同鉴，又中书监）汎梵忏赚蘸嵌

（五）入　声

【一屋】　屋木竹目服福禄榖熟谷肉族鹿漉腹菊陆轴逐苜蓿牧伏宿（住宿）夙读（读书）椟渎牍黩縠復粥肃碌骕鸑育六缩

哭幅斛戮僕畜蓄叔淑菽俶倏独卜馥沐速祝麓辘恧镞簇蹙筑穆睦秃觳覆（翻也）辐瀑曝（暴）郁舳掬踘蹴踢茯複蝮鸲鹏髑

【二沃】 沃俗玉足曲粟烛属录辱狱绿毒局欲束鹄梏告（音梏，忠告）蜀促触续浴酷躅褥旭欲笃督赎斸顼蓐渌騄

【三觉】 觉（知觉）角桷榷嶽（岳）乐（礼乐）捉朔数（频数）卓斲啄（啅）琢剥驳（驳）雹璞朴（朴）壳确浊濯擢渥幄握学榷涿

【四质】 质（性质）日笔出室实疾術一乙壹吉秩密率律逸（佚）失漆栗毕恤（卹）蜜橘溢瑟膝匹述慄黜跸弼七叱卒（终也）蝨悉戌嫉帅（动词）蒺姪轾踬怵潏蟋蟀筚篥宓必筚秫栉窸飋

【五物】 物佛拂屈鬱乞掘（月韵同）讫吃（口吃）绂黻弗髴勿迄不绋

【六月】 月骨髮阙越谒没伐罚卒（士卒）竭窟笏钺歇发突忽袜鹘（黠韵同）厥蹶蕨曰阀筏喝殁橛掘（物韵同）榾搰蠍勃纥龁（屑韵同）孛渤揭（屑韵同）碣（屑韵同）

【七曷】 曷达末阔活钵脱夺褐割沫拔（拔起）葛闼渴拨豁括抹遏挞跋撮泼斡秣掇（屑韵同）怛妲聒栝獭（黠韵同）剌

【八黠】 黠拔（拔擢）鹘（月韵同）八察杀刹轧戛瞎獭（曷韵同）刮刷滑辖鎩猾捋

【九屑】 屑节雪绝列烈结穴说血舌洁别缺裂热决铁灭折拙切悦辙诀泄洩咽噎傑彻澈哲鳖设齧劣掣玦截窃孽浙孑桔颉拮撷揭（月韵同）缬龁（月韵同）羯碣（月韵同）挈抉亵薛拽（曳）爇冽臬蘖瞥撇迭跌阅辍掇（曷韵同）

【十药】 药薄恶（善恶）作乐（哀乐）落阁鹤爵弱约脚雀幕洛

壑索郭错跃若酌托削铎凿却鹊诺蕚度（测度）橐漠钥著（着）
虐掠穧泊搏簹锷霍嚼勺谑廓绰霍镬莫簹缚貉濩各略骆寞膜
鄂博昨柝拓

【十一陌】　陌石客白泽伯迹（跡）宅席策册碧籍（典籍）格役
帛戟璧驿麦额柏魄积（积聚）脉夕液尺隙逆画（同划）百阒虢
赤易（变易）革脊获翮屐適帻阨（厄）隔益窄核霹舄掷责坼惜
癖辟僻掖腋释译峄择摘奕帟迫疫昔赫瘠谪亦硕貊跖（蹠）鹡
碛踖绤隻炙（动词）踯斥吓奆皙淅鬲骼舶珀

【十二锡】　锡壁历枥击绩笛敌滴镝檄激寂觋析溺觅狄获幂
鹢戚感涤的喫沥霹雳惕剔砾翟籴倜

【十三职】　职国德食（饮食）蚀色力翼墨极息直得北黑侧贼
饰刻则塞（闭塞）式轼域殖植敕（勑）饬棘惑默织匿亿臆特勒
劾仄昃稷识（知识）逼（偪）克即弋拭陟测翊侧洫穑鲫鹙（鹚）
克巋抑或

【十四缉】　缉辑戢立集邑急入泣湿习给十拾袭及级涩粒揖
楫（葉韵同）汁蛰笠执隰汲吸絷葺挹浥岌袭悒熠

【十五合】　合塔答纳榻阎杂腊蜡匝阖蛤衲沓榼鸽踏飒拉逻
盍塌呷

【十六葉】　葉帖贴牒接猎妾蝶叠箑惬涉鬣捷颊楫（檝，缉韵
同）摄蹑协侠荚魇睫浃慑慴蹀挟铗靥燮耷摺帢餲踥辄婕屧
聂镊渫喋堞辄

【十七洽】　洽狭（陜）峡法甲业邺匣压鸭乏怯劫胁插锸歃押
狎袷帢夹恰夹硤

附录二 词谱举要

这是本书第三章第二节的附录。目的在于补充一些词谱，以便读者参考。一词有数体者，只录常见的一体。举例限于古代，特别是宋代以前的词。有些词谱在正文中已经引述过的可以参看，这里不再重出。

(1)十六字令 十六字 单调

平。仄仄平平仄仄平。平平仄，仄仄仄平平。

十六字令 〔宋〕蔡伸

天。休使圆蟾照客眠。人何在？桂影自婵娟。

(2)忆江南(望江南，江南好) 廿七字 单调

(参看第 87 页)

(3)渔歌子(渔父) 廿七字 单调

仄仄平平仄仄平，平平仄仄仄平平。平仄仄，仄平平。平平仄仄仄平平。

渔父 〔五代蜀〕李珣

避世垂纶不记年，官高争得似君闲。倾白酒，对青山。笑指柴门待月还。

(4)捣练子 廿七字 单调

平仄仄,仄平平。Ⓐ仄平平Ⓐ仄平。Ⓐ仄Ⓟ平平仄仄,
Ⓟ平Ⓐ仄仄平平。
　　　　　　　△

　　　　捣练子　　　　　　　　［南唐］李煜

深院静,小庭空。断续寒砧断续风。无奈夜长人不寐,
数声和月到帘栊。

(5)忆王孙　　卅一字　单调

Ⓟ平Ⓐ仄仄平平,Ⓐ仄平平Ⓐ仄平。Ⓐ仄平平Ⓐ仄平。
　　　　　　　　△　　　　　　　△　　　　　　　△
仄平平。Ⓐ仄平平Ⓐ仄平。
　　△　　　　　　　△

　　　　忆王孙　　　　　　　　［宋］李重元

萋萋芳草忆王孙,柳外楼高空断魂。杜宇声声不忍闻。
欲黄昏,雨打梨花深闭门。

(6)调笑令　　卅二字　单调

平仄,平仄(叠句),Ⓐ仄Ⓟ平Ⓟ仄。Ⓟ平Ⓟ仄Ⓐ平,Ⓐ仄Ⓟ
　△　　△　　　　　　　　△　　　　　　　　　△
平仄平。平仄(颠倒前句末二字),平仄(叠句),Ⓐ仄Ⓟ平Ⓟ
　　　△　　　　　△　　　　　　　△
仄。
△

(共用三个韵,两头两个仄韵,中间一个平韵。)

　　　　调笑令　　　　　　　　［唐］戴叔伦

边草,边草,边草尽来兵老。山南山北雪晴,千里万里
月明。明月,明月,胡笳一声愁绝。

　　　　调笑令　　　　　　　　［唐］韦应物

胡马,胡马,远放燕支山下。跑沙跑雪独嘶,东望西望
路迷。迷路,迷路,边草无穷日暮。

　　　　调笑令(宫调)　　　　　　［唐］王建

团扇，团扇，美人病来遮面。玉颜憔悴三年，无复商量管弦。弦管，弦管，春草昭阳路断。

（调笑令平仄与韵例都比较复杂，所以共举三个例子。）

(7)如梦令　　卅三字　单调

⊗仄⊗平平仄，⊗仄⊗平平仄。⊗仄仄平平，⊗仄⊗平平仄。平仄，平仄（叠句），⊗仄⊗平平仄。

如梦令　　　　　　　［宋］秦观

遥夜月明如水，风紧驿亭深闭。梦破鼠窥灯，霜送晓寒侵被。无寐！无寐！门外马嘶人起。

(8)长相思　　卅六字　双调

‖仄⊗平，仄⊗平（叠后二字），⊗仄平平⊗仄平。⊗平⊗仄平。‖

（前后阕全同。末句不能犯孤平。凡前后阕全同者加‖号为记，下仿此。）

长相思　　　　　　　　［唐］白居易

汴水流，泗水流，流到瓜洲古渡头。吴山点点愁。思悠悠，恨悠悠，恨到归时方始休。月明人倚楼。

(9)生查子　　四十字　双调

‖⊗平⊗仄平，⊗仄平平仄。⊗仄仄平平，⊗仄平平仄。‖

（第一句不能犯孤平。）

生查子（元夕）　　　　［宋］欧阳修（?）

去年元夜时,花市灯如昼。月上柳梢头,人约黄昏后。今年元夜时,月与灯依旧。不见去年人,泪湿春衫袖!

(10)点绛唇　　四十一字　　双调

⊗仄平平,⊕平⊗仄平平仄。仄平平仄。⊗仄平平仄。

⊗仄平平,⊗仄平平仄。平平仄。仄平平仄。⊗仄平平仄。

　　　　　　点绛唇　　　　　　　　　[宋]李清照

蹴罢秋千,起来慵整纤纤手。露浓花瘦,薄汗轻衣透。见客入来,袜划金钗溜。和羞走。倚门回首。却把青梅嗅。

(11)浣溪沙　　四十二字　　双调

（参看第 89 页）

(12)菩萨蛮　　四十四字　　双调

（参看第 91 页）

(13)诉衷情　　四十四字　　双调

⊕平⊗仄仄平平。⊗仄仄平平。⊕平仄仄平仄,⊗仄仄平平。　　　平仄仄,仄平平,仄平平。仄平平仄,⊗仄平平,仄仄平平。

　　　　　诉衷情　　　　　　　　　　[宋]陆游

当年万里觅封侯,匹马戍梁州。关河梦断何处?尘暗旧貂裘!　　胡未灭,鬓先秋,泪空流。此生谁料,心在天山,身老沧洲!

(14)采桑子(丑奴儿)　　四十四字　　双调

（参看第 93 页）

（注意:前后阕第二三两句不一定要叠句。）

　　　(15)卜算子　　四十四字　　双调

　　　　(参看第 95 页)

　　　(16)减字木兰花　　四十四字　　双调

　　　　(参看第 96 页)

　　　(17)忆秦娥　　四十六字　　双调

　　　　(参看第 98 页)

　　　(18)清平乐　　四十六字　　双调

　　　　(参看第 100 页)

　　　(19)摊破浣溪沙　　四十八字　　双调

㊣仄平平㊣仄平，㊢平㊣仄仄平平。㊣仄㊢平平仄仄，仄
平平。　　㊣仄㊢平平仄仄，㊢平㊣仄仄平平。㊣仄㊢平
仄仄，仄平平。

　　　(前后阕基本上相同，只是前阕首句平脚押韵，后
　　　阕首句仄脚不押韵。这是把四十二字的《浣溪沙》
　　　前后阕末句扩展成为两句，所以叫《摊破浣溪
　　　沙》。)

　　　　摊破浣溪沙　　　　　［南唐]李璟

　　菡萏香销翠叶残，西风愁起绿波间。还与韶光共憔悴，
不堪看。　　细雨梦回鸡塞远，小楼吹彻玉笙寒。多少泪
珠何限恨！倚阑干。

　　　("还与韶光共憔悴"用的是拗句仄仄平平仄平仄，
　　　但一般都用仄仄平平平仄仄。)

　　　(20)桃源忆故人　　四十八字　　双调

‖ ㊀平㊀仄平平仄，㊀仄㊀平平平仄。㊀仄㊀平平平仄，㊀仄
平平仄。‖

桃源忆故人（题华山图） ［宋］陆游

中原当日三川震，关辅回头煨烬。泪尽两河征镇，日望
中兴运。 秋风霜满青青鬓，老却新丰英俊。云外华山
千仞，依旧无人问！

(21)太常引（太清引） 四十九字 双调

㊀平㊀仄仄平平，㊀仄仄平平。㊀仄仄平平。㊀㊀仄、平
平仄平。 ㊀平㊀仄，㊀平㊀仄，㊀仄仄平平。㊀仄仄平
平。㊀㊀仄、平平仄平。

（前后阕基本上相同。前阕首句在后阕拆成两句，
并把平脚变为仄脚。）

太常引 ［宋］辛弃疾

一轮秋影转金波，飞镜又重磨。把酒问姮娥，被白髮欺
人奈何！ 乘风好去，长空万里，直下看山河。斫去桂婆
娑，人道是清光更多。

（"被白髮"和"人道是"后面有小停顿。）

(22)西江月 五十字 双调

（参看第102页）

(23)醉花阴 五十二字 双调

‖ ㊀仄㊀平平仄仄，㊀仄平平仄。㊀仄仄平平，㊀仄平
平，㊀仄平平仄。‖

醉花阴（重九） ［宋］李清照

薄雾浓云愁永昼,瑞脑销金兽。佳节又重阳,玉枕纱
厨,半夜凉初透。　　东篱把酒黄昏后,有暗香盈袖。莫道
不消魂,帘卷西风,人比黄花瘦。

（"有暗香盈袖",句法上一下四;但也可以作上二
下三,如前阕的"瑞脑销金兽"。）

(24)浪淘沙　　五十四字　　双调

（参看第 104 页）

(25)鹧鸪天　　五十五字　　双调

仄仄平平仄仄平,平平仄仄仄平平。平平仄仄平平仄,
仄仄平平仄仄平。　　平仄仄,仄平平。平平仄仄仄平平。平
平仄仄平平仄,仄仄平平仄仄平。

（这词很像两首七绝。前阕完全是七绝形式;后阕
只是把首句拆成两个三字句。）

鹧鸪天　　　　　　　　　　［宋］赵鼎

客路那知岁序移?忽惊春到小桃枝。天涯海角悲凉
地,记得当年全盛时。　　花弄影,月流辉。水精宫殿五云
飞。分明一觉华胥梦,回首东风泪满衣。

(26)鹊桥仙　　五十六字　　双调

‖平平仄仄,平平仄仄,仄仄平平仄仄。平平仄仄仄平平,
仄仄仄、平平仄仄。‖

鹊桥仙　　　　　　　　　　［宋］秦观

纤云弄巧,飞星传恨,银汉迢迢暗度。金风玉露一相
逢,便胜却人间无数。　　柔情似水,佳期如梦,忍顾鹊桥

归路？两情若是久长时，又岂在朝朝暮暮？

（"便胜却"和"又岂在"后面有小停顿。）

(27) 玉楼春　　五十六字　　双调

‖ ⊕平⊕仄平平仄，⊕仄⊕平平仄仄。⊕平⊕仄仄平平，
⊕仄⊕平平仄仄。‖
　　　　　　　　△

（这等于两首不粘的仄韵七绝。）

玉楼春　　　　　　　[宋]辛弃疾

三三两两谁家女？听取鸣禽枝上语：提壶沽酒已多时，
婆饼焦时须早去。　　醉中忘却来时路，借问行人家住处。
只寻古庙那边行，更过溪南乌桕树。

(28) 虞美人　　五十六字　　双调

‖ ⊕平⊕仄平平仄，⊕仄平平仄。⊕平⊕仄仄平平，⊕仄
⊕平⊕仄仄平平。‖

（共用四个韵。末句是上六下三或上二下七。）

虞美人　　　　　　　[南唐]李煜

春花秋月何时了？往事知多少！小楼昨夜又东风，故
国不堪回首月明中。　　雕阑玉砌应犹在，只是朱颜改。
问君还有几多愁？恰似一江春水向东流！

(29) 南乡子　　五十六字　　双调

‖ ⊕仄仄平平，⊕仄平平仄仄平。⊕仄⊕平平仄仄，平
平。⊕仄平平仄仄平。‖
　△

南乡子　　　　　　　[宋]辛弃疾

何处望神州？满眼风光北固楼。千古兴亡多少事？悠

悠。不尽长江滚滚流。　　年少万兜鍪。坐断东南战未休。天下英雄谁敌手？曹刘！生子当如孙仲谋。

(30)踏莎行　　五十八字　　双调

‖ ⊗仄仄平平，⊗平⊗仄，⊗平⊗仄平平仄。⊗平⊗仄仄平平，⊗平⊗仄平平仄。‖

踏莎行　　　　　　　　　〔宋〕姜夔

燕燕轻盈，莺莺娇软，分明又向华胥见。夜长争得薄情知？春初早被相思染。　　别后书辞，别时针线，离魂暗逐郎行远。淮南皓月冷千山，冥冥归去无人管。

(31)临江仙　　六十字　　双调

‖ ⊗仄⊗平平仄仄，⊗平⊗仄平平。⊗平⊗仄仄平平。⊗平平仄仄，⊗仄仄平平。‖

临江仙　　　　　　　　　〔宋〕秦观

千里潇湘挼蓝浦，兰桡昔日曾经。月高风定露华清。微波澄不动，冷浸一天星。　　独倚危楼情悄悄，遥闻妃瑟泠泠。新声含尽古今情。曲终人不见，江上数峰青。

（"千里潇湘挼蓝浦"用⊗仄平平仄平仄是拗句，但一般都用⊗仄⊗平平仄仄。）

(32)蝶恋花(鹊踏枝)　　六十字　　双调

（参看第 105 页）

(33)破阵子　　六十二字　　双调

‖ ⊗仄⊗平⊗仄，⊗平⊗仄平平。⊗仄⊗平平仄仄，⊗仄平平⊗仄平。⊗平⊗仄平。‖

破阵子(为陈同甫赋壮词以寄)　　　[宋]辛弃疾

醉里挑灯看剑,梦回吹角连营。八百里分麾下炙,五十弦翻塞外声。沙场秋点兵。　　马作的卢飞快,弓如霹雳弦惊。了却君王天下事,赢得生前身后名。可怜白髪生!

(34)渔家傲　　六十二字　双调

(参看第107页)

(35)谢池春(卖花声)　　六十六字　双调

Ⓐ仄平平,Ⓐ仄Ⓐ平平仄。仄平平、平平仄仄。平平平
仄,仄平平平仄(上三下二)。仄平平、仄平平仄。　　平平
Ⓐ仄,仄仄Ⓐ平平仄。仄平平、平平仄仄。平平平仄,仄平
平平仄(上三下二)。仄平平、仄平平仄。

(前后阕基本上相同,只有前阕首句与后阕首句稍异。此调平仄较严。)

谢池春　　　　　[宋]陆游

壮岁从戎,曾是气吞残虏。阵云高,狼烟夜举。朱颜青鬓,拥雕戈西戍。笑儒冠自来多误。　　功名梦断,却泛扁舟吴楚。漫悲歌,伤怀吊古。烟波无际,望秦关何处?叹流年又成虚度。

("笑儒冠"与"叹流年"后面有小停顿。)

(36)青玉案　　六十七字　双调

Ⓟ平Ⓐ仄平平仄,仄Ⓐ仄平平仄(上三下三)。Ⓐ仄Ⓟ平
平仄仄。Ⓐ平平仄,Ⓐ平平仄,Ⓐ仄平平仄。　　Ⓟ平Ⓐ仄
平平仄,Ⓐ仄Ⓟ平仄平仄。Ⓐ仄Ⓟ平平仄仄。Ⓐ平平仄,Ⓐ平

平仄,⊠仄平平仄。
　　　　　　青玉案(春暮)　　　　　〔宋〕贺铸
　　凌波不过横塘路,但目送芳尘去。锦瑟年华谁与度?
月楼花院,绮窗朱户,惟有春知处。　　碧云冉冉蘅皋暮,
彩笔空题断肠句。试问闲愁知几许?一川烟草,满城风絮,
梅子黄时雨。

　　("彩笔空题断肠句"是拗句,宋人一般都用⊠仄平
　　平仄平仄,不用⊠仄⊕平平仄仄。)

　　　(37)江城子　七十字　双调

‖⊕平⊠仄仄平平。仄平平,仄平平。⊠仄平平,仄仄
仄平平。⊠仄⊕平平仄仄,平仄仄,仄平平。‖

　　(本是单调三十五字,宋人改为双调。)

　　　　　　江城子(密州出猎)　　　　〔宋〕苏轼
　　老夫聊发少年狂,左牵黄,右擎苍。锦帽貂裘,千骑卷
平岗。为报倾城随太守,亲射虎,看孙郎。　　酒酣胸胆尚
开张,鬓微霜,又何妨?持节云中,何日遣冯唐?会挽雕弓
如满月,西北望,射天狼。

　　　(38)满江红　九十三字　双调

　　　　(参看第 110 页)

　　　(39)水调歌头　九十五字　双调

　　　　(参看第 112 页)

　　　(40)念奴娇(百字令)　一百字　双调

　　　　(参看第 117 页)

　　　(41)桂枝香　一百零一字　双调

平平仄仄。仄仄仄㊉平（上一下四），⊗㊉平仄。㊉仄平
平⊗仄，仄平平仄。㊉平㊉仄平平仄，仄平平、平平平仄。仄
平平仄，⊗平㊉仄，仄平平仄。　　仄⊗仄平平仄仄（上三下
四）。仄㊉仄平平（上一下四），⊗平平平仄。㊉仄平平㊉仄，仄
平平仄。㊉平㊉仄平平仄，仄平平、㊉㊉平仄。仄平平仄，⊗
平平仄，仄平平仄。

桂枝香（金陵怀古）　　［宋］王安石

登临送目。正故国晚秋，天气初肃。千里澄江似练，翠
峰如簇。归帆去棹残阳里，背西风酒旗斜矗。彩舟云淡，星
河鹭起，画图难足。　　念自昔豪华竞逐。叹门外楼头，悲
恨相续。千古凭高对此，谩嗟荣辱。六朝旧事随流水，但寒
烟衰草凝绿。至今商女，时时犹唱，后庭遗曲。

（“背西风”和“但寒烟”后面有小停顿。）

(42)水龙吟　　一百零二字　　双调

㊉平㊉仄平平，㊉平㊉仄平平仄。㊉平仄仄，㊉平仄仄，
⊗平㊉仄。⊗仄平平，㊉平㊉仄，㊉平平仄。仄㊉平㊉仄（上一
下四），㊉平㊉仄，平平仄，平平仄。　　⊗仄平平㊉仄。仄
平平、⊗平平仄。㊉平㊉仄，㊉平㊉仄，㊉平㊉仄。㊉仄平平，
㊉平㊉仄，㊉平平仄。仄平平仄仄平平仄仄，仄平平仄。

（后阕最后十三字也可以改成十二字，成为：仄平
平、仄仄平平仄，仄平平仄。这样，全词共是一百
零一字。）

水龙吟（寿韩南涧）　　［宋］辛弃疾

渡江天马南来，几人真是经纶手？长安父老，新亭风景，可怜依旧。夷甫诸人，神州沉陆，几曾回首？算平戎万里，功名本是，真儒事，君知否？　　况有文章山斗，对桐阴满庭清昼。当年堕地，而今试看，风云奔走。绿野风烟，平泉草木，东山歌酒。待他年整顿乾坤事了，为先生寿。

（"对桐阴"、"待他年"后面有小停顿。）

(43)石州慢　一百零二字　双调

⊗仄平平，⊗平平仄（或平仄仄平），仄平平仄。平平⊗
仄平平，仄仄⊗平平仄。⊗平⊕平仄，⊕⊕⊗仄平平，平平⊗仄
平平仄。仄仄仄平平，仄平平平仄（上一下四或上三下二）。

平仄。⊗平平仄，⊗仄平平，⊗平平仄。⊗仄平平，仄仄
⊗平平仄。⊗平⊕仄，⊕⊕⊗仄平平，⊕平⊗仄平平仄。仄仄
仄平平，仄平平平仄（上一下四或上三下二）。

（此调常用入声韵。）

石州慢（己酉秋，吴兴舟中）　　　　　　[宋]张元幹

雨急云飞，瞥然惊散，暮天凉月。谁家疏柳低迷，几点
流萤明灭。夜帆风驶，满湖烟水苍茫，菰蒲零乱秋声咽。梦
断酒醒时，倚危樯清绝。　　心折。长庚光怒，群盗纵横，
逆胡猖獗。欲挽天河，一洗中原膏血。两宫何处？塞垣只
隔长江，唾壶空击悲歌缺。万里想龙沙，泣孤臣吴越。

(44)雨霖铃　一百零三字　双调

平平平仄，仄平平仄、仄⊗平仄。平平仄仄平仄，平平
仄仄、平平平仄。仄仄平平、仄仄仄平仄平仄。仄仄仄、平

仄平平，仄仄平平仄平仄。　　平平仄仄平平仄。仄平平、
仄仄平平仄。㊄平仄仄平仄，平仄仄，仄平平仄。仄仄平
平，仄仄平平仄仄平仄。仄仄仄、㊄仄平平，仄仄平平仄。

（此调多用拗句，而且常用入声韵。）

雨霖铃　　　　　　　　　　　［宋］柳永

寒蝉凄切。对长亭晚，骤雨初歇。都门帐饮无绪，方留
恋处，兰舟催发。执手相看，泪眼竟无语凝噎。念去去千里
烟波，暮霭沉沉楚天阔。　　多情自古伤离别。更那堪冷
落清秋节。今宵酒醒何处，杨柳岸，晓风残月。此去经年，
应是良辰好景虚设。便纵有千种风情，更与何人说？

(45)永遇乐　一百零四字　双调

㊄仄平平，㊄平㊄仄，㊄㊄平仄。㊄仄平平，㊄平㊄仄，
仄平平仄。㊄平㊄仄，㊄平㊄仄，㊄仄仄平平仄。㊄平㊄，平
平㊄仄，㊄㊄仄㊄平仄。　　㊄平㊄仄，㊄平㊄仄，仄仄㊄㊄
仄。㊄仄平平，㊄平㊄仄，㊄仄平平仄。㊄平㊄仄，㊄平㊄仄，
仄仄㊄平㊄仄。㊄平仄、平平仄仄仄，仄平仄仄。

永遇乐(京口北固亭怀古)　　　　　［宋］辛弃疾

千古江山，英雄无觅，孙仲谋处。舞榭歌台，风流总被，
雨打风吹去。斜阳草树，寻常巷陌，人道寄奴曾住。想当
年，金戈铁马，气吞万里如虎。　　元嘉草草，封狼居胥，赢
得仓皇北顾。四十三年，望中犹记，烽火扬州路。可堪回
首，佛狸祠下，一片神鸦社鼓。凭谁问：廉颇老矣，尚能饭
否？

(46)望海潮　一百零七字　双调

⊙平平仄，⊙平平仄，⊙平⊙仄平平。平仄仄平，平平仄
仄，⊙平⊙仄平平。⊙仄仄平平。仄⊙平仄仄(上一下四)，
⊙仄平平。⊙仄平平，⊙平⊙仄平平。　　平平仄仄平
平。仄⊙平⊙仄(上一下四)，⊙仄平平。平仄仄平，平平仄
仄，⊙平⊙仄平平。⊙仄仄平平。仄⊙平仄仄(上一下四)，
⊙仄平平。⊙仄平平，⊙平⊙仄仄平平。

(最后两句可换成仄仄平平仄仄，⊙仄仄平平。)

望海潮(洛阳怀古)　　　　[宋]秦观

梅英疏淡，冰澌溶泄，东风暗换年华。金谷俊游，铜驼
巷陌，新晴细履平沙。长记误随车。正絮翻蝶舞，芳思交
加。柳下桃蹊，乱分春色到人家。　　西园夜饮鸣笳。有
华灯碍月，飞盖妨花。兰苑未空，行人渐老，重来是事堪嗟。
烟暝酒旗斜。但倚楼极目，时见栖鸦。无奈归心，暗随流水
到天涯。

(47)沁园春　一百十四字　双调

(参看第121页)

(48)贺新郎(金缕曲)　一百十六字　双调

⊙仄平平仄。仄平平、⊙平平仄仄，仄平平仄。⊙仄⊙平
平⊙仄，⊙仄⊙平平仄仄。⊙仄仄、平平仄仄。⊙仄⊙平⊙
仄，仄平平、⊙仄平平仄。平仄仄，仄平仄。　　⊙平⊙仄平
平仄。仄平平、⊙平平仄，仄平平仄。⊙仄⊙平平⊙仄，仄⊙
平仄。⊙仄仄、平平平仄。⊙仄⊙平平⊙仄，仄平平、⊙

仄平平仄。平仄仄，仄平仄。

　　贺新郎（送陈真州子华）　　　　　　［宋］刘克庄

　　北望神州路。试平章这场公事，怎生分付。记得太行山百万，曾入宗爷驾驭。今把作握蛇骑虎。君去京东豪杰喜，想投戈下拜真吾父。谈笑里，定齐鲁。　　　　两河萧瑟惟狐兔。问当年祖生去后，有人来否？多少新亭挥泪客，谁梦中原块土？算事业须由人做。应笑书生心胆怯，向车中闭置如新妇。空目送，塞鸿去！

　　（"试平章"、"今把作"、"想投戈"、"问当年"、"算事业"、"向车中"后面都有小停顿。）

(49)摸鱼儿　一百十六字　双调

仄平平、仄平平仄，⊕平平仄平仄。⊕平⊗仄仄平平，⊕仄仄平平仄。平仄仄。⊗仄仄、平平⊗仄平平仄。平平仄仄。仄⊗仄平平（上一下四），⊕平⊗仄，⊗仄仄平仄。

平平仄，⊗仄平平仄仄。⊕平仄仄平仄。平平⊗仄平平仄，⊗仄仄平平仄。平仄仄。平仄仄、平平⊗仄平平仄。平平仄仄。仄⊗仄平平（上一下四），⊕平⊗仄，⊗仄仄平仄。

　　　　摸鱼儿　　　　　　　　［宋］辛弃疾

　　更能消几番风雨？匆匆春又归去。惜春长怕花开早，何况落红无数！春且住！见说道天涯芳草无归路。怨春不语，算只有殷勤，画檐蛛网，尽日惹飞絮。　　　　长门事，准拟佳期又误。蛾眉曾有人妒。千金纵买相如赋，脉脉此情谁诉？君莫舞！君不见玉环飞燕皆尘土。闲愁最苦。休去倚危栏,斜阳正在,烟柳断肠处!

　　("休去倚危栏"是上二下三,但一般都作上一下四,辛弃疾另有两首也是上一下四。)

(50)六州歌头　一百四十三字　双调

平平⚆仄,⚆仄仄平平。平⚆仄,平平仄,仄平平。仄平平。⚆仄平平仄,⚆平仄,平平仄。⚆⚆仄,平⚆仄,仄平平。⚆仄⚆平,仄仄平平仄,⚆仄平平。仄⚆平⚆仄(上一下四),⚆仄仄平平。⚆仄平平。仄平平。　　仄平平仄(上一下三),⚆平仄,平⚆仄,仄平平。平⚆仄,平平仄,仄平平。仄平平。⚆仄平平仄,⚆⚆仄,仄平平。平⚆仄,⚆⚆仄,仄平平。平仄⚆平仄,⚆平仄、⚆仄平平。仄⚆平⚆仄(上一下四),⚆仄仄平平。⚆仄平平。

六州歌头　　　　　　[宋]张孝祥

　　长淮望断,关塞莽然平。征尘暗,霜风劲,悄边声。黯销凝。追想当年事,殆天数,非人力;洙泗上,弦歌地,亦膻腥。隔水毡乡,落日牛羊下,区脱纵横。看名王宵猎,骑火一川明。笳鼓悲鸣,遣人惊。　　念腰间箭,匣中剑,空埃蠹,竟何成!时易失,心徒壮,岁将零。渺神京。干羽方怀远,静烽燧,且休兵。冠盖使,纷驰骛,若为情?闻道中原遗老,常南望翠葆霓旌。使行人到此,忠愤气填膺。有泪如倾。

　　("常南望"后面有小停顿。)

中华书局

初版责编　刘尚荣